KB267778

오만의 이방인 신밧드

오만의 이방인 신밧드

초판 1쇄 인쇄 2012년 01월 20일
초판 1쇄 발행 2012년 01월 27일

지은이 ㅣ 박채완
펴낸이 ㅣ 손형국
펴낸곳 ㅣ (주)에세이퍼블리싱
출판등록 ㅣ 2004. 12. 1(제2011-77호)
주소 ㅣ 서울시 금천구 가산동 371-28 우림라이온스밸리 C동 101호
홈페이지 ㅣ www.book.co.kr
전화번호 ㅣ (02)2026-5777
팩스 ㅣ (02)2026-5747

ISBN 978-89-6023-739-1 03810

오만의 이방인 신밧드

아라비아 상인, 그 후예들의 땅을 가다

박채완 지음

ESSAY

크고 한적한 나라

한반도의 1.5배나 되는 크기이지만 인구는 부산광역시 인구보다 적은 나라 오만. 위아래를 종단하는 데 1500km 이상의 거리를 달려야 하고, 사람을 마주하기보다는 낙타와 모래, 뿌연 하늘을 마주하는 시간이 더 많은 나라. 큰 땅과 적은 인구 덕에 여행을 하면서도 누군가와 부딪치기보다는 혼자 생각하고 상상하고 짜증내다가 결국 자기 자신을 다시 되돌아보게 만들어주는 나라. 내가 살아온 대한민국과 문화와 기후가 너무 달라서 오랜 시간이 지났음에도 아직 다 알아내지 못한, 그래서 더 정이 가는 나라. 이런 곳에서 3년을 가족과 함께 살았다.

혼자 훌쩍 떠나기 좋아하고 무모하게 무작정 덤벼들고 보는 나에게 이 땅은 얼마나 흥미진진하고 스릴 넘치는 기회를 주었는지 모른다. 샬리 알 주나이비(Charlie Al-Junaibi). 오만 중부의 두큼이라는 곳에서 조선소를 만들며 현지인들과 어울리는 동안 현지인들이 나에게 붙여준 별명이다. 영문 닉네임 찰리(Charlie)에 두큼 원주민들 부족의 성씨 주나이비(Junaibi)를 붙인 것이다. 단지 아랍어 몇 마디를 열심히 배우고 그들보다 그들의 땅을 더 열심히 돌아다닌 나에게 수여된 훈장이다.

나는 그들의 눈에 비친 오만의 이방인 신드바드로 살아온, 그리고 직접 발로 뛰며 몸으로 느낀 중동 사막의 3년간의 이야기를 들려주고 싶다. 소말리아 해적에게 납치된 우리 선원들이 풀려나면 제일 먼저 도착하는 나라, 혹은 한국과 가끔씩 축구 경기를 펼치는 중동의 어느 나라. 인터넷에서 '오만'을 두드리면 『오만과 편견』이라는 책에 가려져 그 존재조차 우리에게 낯선 오만을 신드바드가 소개하려는 것이다.

9개의 큰 행정 구역과 61개의 작은 <u>윌리얏(Wiliyat)</u>으로 이루어지는 이 방대한 나라를 구석구석 모두 돌아볼 수는 없었다. 하지만 나름대로 오만에 살고 있는 현지인보다 더 많은 발품을 팔고 때로는 목숨을 잃을 뻔하는 사고를 겪으면서도 꿋꿋이 사진을 찍었다. 직접 손으로 찍어온 이 사진들을 들여다보며, 소박한 듯하지만 계산에 밝은 아라비아 상인의 후예들의 땅과 그들의 모습을 소개하고자 한다. 전문적인 여행 안내서도 나 자신의 푸념도 아닌, 평생 책이라고는 숱하게 읽어만 보고 써본 적은 없는 초자가 오기로 적어낸 글이라서 두서가 없지만, 아직 우리에게 잘 알려져 있지 않은 이 미지의 나라를 간접 경험하는 좋은 기회가 되기를 바란다. 그저 책 속의 사진들을 기억해 두었다가 언제고 기회가 되면 퍼즐을 맞추듯 하나하나 찾아보기를 권한다.

같이 3년을 버텨준 가족과 이국 생활의 서러움을 함께 나누며 울고 웃어준 회사 동료들에게 진심으로 사랑한다고 전하고 싶다.

2011년 12월 30일

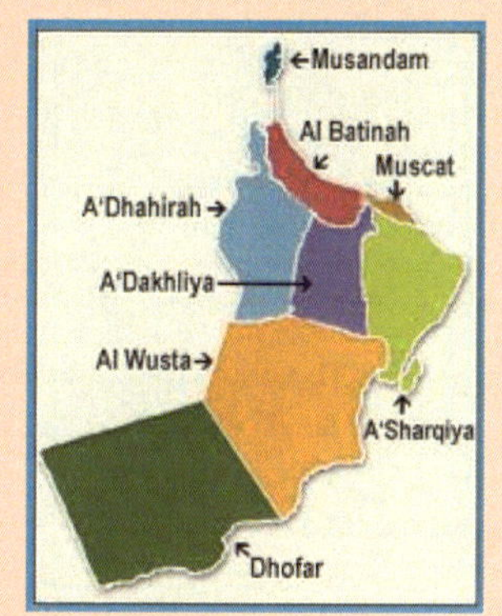

차례

들어가는 말 ·04

오만, 그리고 또 다른 오만 ·09

축복의 땅, 오만 북부 해변 ·25

아름다운 산과 광활한 사막, 그리고 사람들 ·41

두큼(Duqm)으로 가는 여정 ·75

오만의 소외된 허리 알 우스타(Al-Wusta) 지역 ·115

아름다운 해안을 가진 앗 샤키야(As-Sharqiya) ·139

중동의 진주 도파르(Dhofar) ·177

무스캇 생활 ·207

무스캇 인근 ·283

초대에 응하며 ·303

오만 왕국(Sultanate of Oman) : 술탄의 나라 ·319

대추야자(Dates, 데이츠) ·335

오만과 편견 ·341

오만, 그리고 또 다른 오만

서로 대치하는 국경이 없는,
중동 내에서는 서로 총부리를 겨누지 않고
그저
좋은 게 좋은 거라고
국경에 대한 별다른 시비 없이
어울려 사는 나라들.
그 중에서도 유난히 국경이 복잡한 오만은
국토를 돌아보려면
여러 번 다른 국경을 통과해야 하는
이상한 나라다.

녹색으로 표기된 지역이 오만 영토

알마드하(Al-Madha)

오만 지도를 한번이라도 유심히 본 사람이라면 다소 낯선 국경선을
보게 되는데, 이 요상한 국경선을 이해하는 것으로부터 신드바드의 여
정을 시작하는 것이 좋을 것 같다. 오만에는 미국의 알래스카처럼 본
토에서 떨어져 있는 두 곳의 다른 오만이 있다. 하나는 아랍에미리트
(UAE) 내륙에 있는 알마드하(MADHA)이고, 다른 하나는 UAE 북쪽 끝
에 홀로 있는 무산담(MUSANDAM)이다. 본토에서 떨어져 다른 나라의

영토에 둘러싸인 지역을 엑스클레이브(EXCLAVE)라고 한다는 것을 참고로 알아두면 좋을 것이다.

무산담은 알래스카와 비슷한 입장에 처해 있는 구역으로 그냥 이해할 수 있으나, 마드하의 경우는 사방이 UAE로 둘러싸여 있는 75평방미터의 작은 오만이면서도, 그 내륙에 다시 UAE 영토인 나흐와(NAHWA)가 있는 애매한 곳이다. 나흐와는 몇 채의 집만 있는 작은 마을이지만, 엄연히 국제적으로 UAE 영토로 인정되는 땅이다.

UAE에 둘러싸인 오만 마드하와 다시 마드하에 둘러싸인 UAE 나흐와

마드하의 지리적 배경을 이해하면 오만의 작은 역사의 한 부분과 중동 지역에서의 각 나라간의 관계를 이해하는 데 많은 도움이 될 듯하여 소개한다.

현재의 UAE와 오만은 과거 영국의 식민지였다. 1951년 오만이 마침내 독립하게 되는데, 독립 후에도 중동 지역에서 영향력을 행사하고 싶었던 영국은 오만의 요구에 따라 호르무즈 해협의 무산담 지역과 마드하를 오만의 영토로 인정해주었다. 그런데 1971년 다시 UAE가 독립하게 되면서, 이미 마드하가 오만 영토로 인정되었으므로 어쩔 수 없이 이 국경선을 인정하게 되었다. 건국 당시 여러 부족들의 느슨한 연합체였던 UAE 입장에서는 총대를 메고 영국에 따지거나 하는 부족이 없었을 것이라고 전해진다. 여하간 이때 마드하 지역 내에 거주하던 40여 가구의 나흐와 주민들이 UAE 주민으로 남겠다고 생뚱맞게 우기는 바람에 오만 영토 내부에 다시 UAE 땅이 생겨버렸다.

얼핏 분쟁의 소지가 많은 이런 이상한 국경선이 서로의 양해 하에 현재까지 별탈 없이 유지되는 것을 미루어볼 때, 중동 각 나라간에는 아직 첨예한 이해 관계보다는 대충 넘어갈 수 있는 그렇고 그런 관계가 있음을 알 수 있다.

지도 공부가 끝난 직후 이곳을 꼭 눈으로 확인하고픈 욕심에 무작정 차를 몰고 몇 시간 달린 끝에 UAE 검문소를 통과한다. 어느 마을 어귀의 한적한 도로 옆에 있는 안내판을 간신히 찾아내어 골목길로 들어가다 마드하를 마주한다.

마드하를 알려주는 초입의 상징물

그리고 마을 안내 상징물을 지나자마자 만나는 익숙한 스타일의 도로 안내판과 그곳에 당당히 서 있는 오만 국기를 보며 이곳이 오만 땅임을 직접 확인하게 된다. 국경 초소도 군인도 국경 표시도 없다. 그저 앞집은 오만 땅이고, 뒷집은 UAE 땅이다.

오만 식 도로 표지판과 오만 국기가 내걸린 관공서

무산담(MUSANDAM) 종주

올라온 길을 따라 계속 UAE 땅 후자이라(FUJAYRAH)를 거쳐 북쪽으로 올라가다 보면 또 다시 오만 국경을 만나게 되는데, 여기가 바로 무산담이 시작되는 곳이다. 번거로운 입국 및 확인 절차를 마치고 다바(DABA) 입구에 있는 '골든 튤립' 호텔에서 하루를 묵은 후 무산담 종주에 나선다.

호텔 정원에 심어놓은 갖가지 색깔의 대추야자 나무. 빼곡히 열린 대추야자의 모양은 다산의 상징이자 남자들에게 스테미너 식으로 알려져 있다. 믿거나 말거나.

무산담 초입의 대형 댐 건설현장. 사막에 댐? 하지만 비가 오면 저 댐이 물로 가득 차오른다.

일전에 가족들과 두바이에서 북쪽을 경유하여 무산담에서 도우 (DHOW) 크루즈 여행을 즐긴 적이 있었다. 그 부분은 나중에 다시 설명하겠다. 이날은 남쪽에서 북쪽으로 육로를 통하여 종주를 시도했는데, 위험한 길이어서 주위의 한국 사람들 중에 아무도 시도해보지 않았다는 말만으로도 신드바드의 호기심이 다시 발동하여 시도한 것이다.

이른 아침, 험한 길인데 혹시 산에서 저녁을 맞이할까 봐 살짝 걱정이 앞서 일찍 길을 나선다. 초입에서는 기존에 지나간 많은 차량들의 자국이 쉬이 길안내를 대신해주었는데, 계곡으로 접어들자 점점 갈림길에서 생각하는 시간이 길어진다.

막힌 듯 뚫린 계곡의 길

　속도가 조금만 오른다 싶으면 여지없이 앞을 가로막는 막힌 듯한 계
곡이 계속되고, 막힌 듯하여 속도를 줄이면 어느새 다시 다른 입구가 보
이는 험한 계곡 길. 아마도 이 맛에 위험한 비포장 길을 즐기는 게 아닐
까. 한참 계곡 길을 질주하다 어느새 앞을 가로막는 산을 만난다. 오만
의 여느 산과 마찬가지로 나무 한 포기 볼 수 없는, 속살 그 자체만으
로도 감동을 주는 바로 그 산. 높은 산을 올라가본 이들은 모두 느낄
것이다. 올라가는 긴장감보다 올라가서 내려다보는 아찔함, 내가 어떻게
여기를 올라왔을까 하는 그 황당함 이라니…

숨김 없이 속살을 보이는 산

올라가서야 보이는 올라온 길

계곡과 산길을 수도 없이 반복하다 때로 만나게 되는 반가운 옛 주거지의 자취와 이제는 주인이 염소로 바뀐 마을. 그리고 그 길 한가운데서 통행료를 요구하는 고약한 염소 한 마리.

무산담 산행은 경치를 즐기는 여행이 아니다. 홀로 고독과 벗하며 위태한 순간을 즐기고, 핸들을 움켜쥔 손가락 마디마디에 흥건히 땀을 유발시키는 스릴 있는 여정이다. 가족 동반만 피한다면 꽤 괜찮은 여정으로 기억에 남을 것이다, 혹시 일가족 사망 뉴스 거리가 되지 않기 위해서…

그래도 제 동네라고 폼을 잡는 염소

자욱한 먼지를 뚫고 시원스레 조금만 포장도로를 달리다 보면 바닷가 한쪽의 카삽(KHASAB)이라는 동네를 만날 수 있다. 예전에 두바이에서 올 때는 이곳을 경유하여 도우 크루즈를 가족과 즐긴 적 있다.

무산담의 도우(Dhow : 오만 전통 목선)

한여름 땡볕에 무모하게 식구들을 앞세워 출발한 도우 크루즈를 떠올려본다. 한여름의 땡볕을 미처 실감하기도 전에 가족들이 따라나선 길이라, 갔다 와서는 며칠간 바가지를 좀 얻어 먹었다. 하지만 아랍의 노르웨이라 불리는 무산담의 해안선을 즐겨 보기에는 이만 한 여행이 없다 싶어 선뜻 신청을 한다. 두바이의 새벽 여섯 시, 호텔에서 우리를 태운 버스 기사는 거의 한 시간을 시내에서 헤매다가 어느 주택가에서 미국인 손님을 만나 픽업에 성공한다. 버스를 타며 휴대폰으로 자신들의 집을 설명하던 두 미국 아줌마들이 정말 동네 길이 너무 꼬여 있다고 투덜대며 버스에 오른다. 거의 2시간을 달려 다시 오만 땅 무산담에서 입국 절차를 밟고 카삽에 있는 도우(Dhow) 앞에 도착한다.

도우는 다른 배들과 달리 그래도 상대적으로 좀더 크고 2층이다. 그래서 다소 안심은 되지만 본체는 목선이라 강도가 그리 미덥지는 않다. 도우에 올라 일찌감치 2층에 오자마자 방석에 자리를 잡은 아내와 딸은 단숨에 다른 이들의 모습을 보고는 눈치를 챘는지 아주 익숙한 자세로 가로눕기 시작한다. 주위의 다른 배들과 일정한 간격을 두며 우리

배도 출항을 시작한다.

　아직 출항의 설렘이 채 가시지 않은 이른 시각에 돌고래 떼를 조우하는 행운을 맞이하게 되었다. 오만에서 살았던 분들도 웬만해서는 쉽게 이런 기회가 생기지 않는다고 들었는데, 오늘 땡 잡았다. 도우 한 척이 돌고래를 발견하고 방향을 바꾸는 순간, 주위의 다른 배들도 눈치채고 급히 모이기 시작한다. 돌고래도 다소 놀랐는지 아니면 수줍어서인지 어느새 자취를 감춰버린다. 까치발로 돌고래를 찾느라 두리번거리던 아이들이 지칠 즈음 다시 수면 위로 살짝 머리를 내밀어주는 돌고래들.

정말 아이들과 지능지수가 비슷한 건 아닐까.

돌고래에 대한 관심이 무뎌질 법한 시간에 배는 다시 오밀조밀 미로처럼 깔린 해안선을 훑어가며 점점 더 깊은 곳으로 이동한다. 통신 타워가 설치된 커뮤니케이션 아일랜드(Communication Island)에 닻을 내리고 점심 뷔페와 함께 여가 시간을 갖는다. 아직도 나는 그 맛을 기억할 수 없지만, 아내는 오만에서 먹어본 소스 중에 가장 기억에 남는 맛이라며 도우 위에서 맛본 소스를 가끔씩 회상하곤 한다. 비싼 건 알아가지고….

한낮의 열기가 서서히 이름값을 하고 반복되는 풍경에 지치기 시작한다. 처음엔 에메랄드 같은 바다에 극찬을 아끼지 않던 아내가 지쳐 누울 때쯤 아이들은 아부다비에서 온 아이야라는 아이와 어울려 본격적인 친구 만들기에 들어간다. 아랍인과는 다소 동떨어져 보이는 아이의 서양식 외모가 우리 아들의 눈에는 퍽이나 다르게 보였나 보다.

좀더 다양한 프로그램과 놀이시설을 주변에 갖추고 가격만 좀더 낮추어준다면 많은 고객을 유치할 것도 같은데, 변함없이 단조로워 보이는

해변의 지형처럼 이곳의 아
랍인들도 아직은 그러한 욕
심보다는 자연에 쓸려 그저
함께 살아가는 선에서 자연
과 타협점을 찾으며 공생하
는 것 같다.

도우 2층에 나란히 서서 바다를 바라보는 두 여인, 히잡을 둘러쓴 아랍 여인과 비키니가 시원한 서양
여인. 단지 1미터 떨어져 있을 뿐인데, 문화적 차이는 수천 km처럼 느껴진다.

부라이미(Buraimi)와 알아인(Al-Ain)

아부다비로 가는 길에 부라이미의 어느 한적한 길가에서

아부다비는 두바이의 아래쪽에 위치하고 있기 때문에, 두바이를 경유하지 않을 때는 남쪽의 알아인(Al-Ain)을 경유하여 가는 길이 가장 빠르다. 오만 땅 부라이미(Buraimi)와 마하다(Mahadah) 그리고 UAE 땅 알아인은 지리적, 문화적으로 거의 동일한 지역이지만, 국경선이 나뉘어져 단지 떨어져 살고 있을 뿐이다. 실제 아인(Ain)과 부라이미는 같은 시내에서 옆집과 국경선으로만 나누어진 다른 한 마을이다.

사진의 위쪽은 알아인(UAE)이고 아래쪽은 부라이미(오만)

　이 지역은 국경선이 복잡한데, 원주민들 간에는 국경의 개념이 희박하고 고대로부터 <u>알아인</u>이 오아시스로 번창할 때부터 한 생활권으로 살아온 터라, 국경을 통과해도 큰 차이점은 발견할 수 없다. 유네스코 세계 문화유산에 등재된 옛 주거지가 많은 것으로 알려져 있지만 아직 직접 눈으로 본 적은 없다.

알아인 동물원. 더위를 피해 체통 없이 누워 있는 사자가 보인다.

옛 모습을 간직한 벽체에 놓여 있는 위성 안테나와 오토바이가 21세기임을 알려준다.

만약 다시 이곳을 찾게 된다면 이번에 놓친 유네스코 문화유산들을 꼭 둘러봐야 할 것 같다.

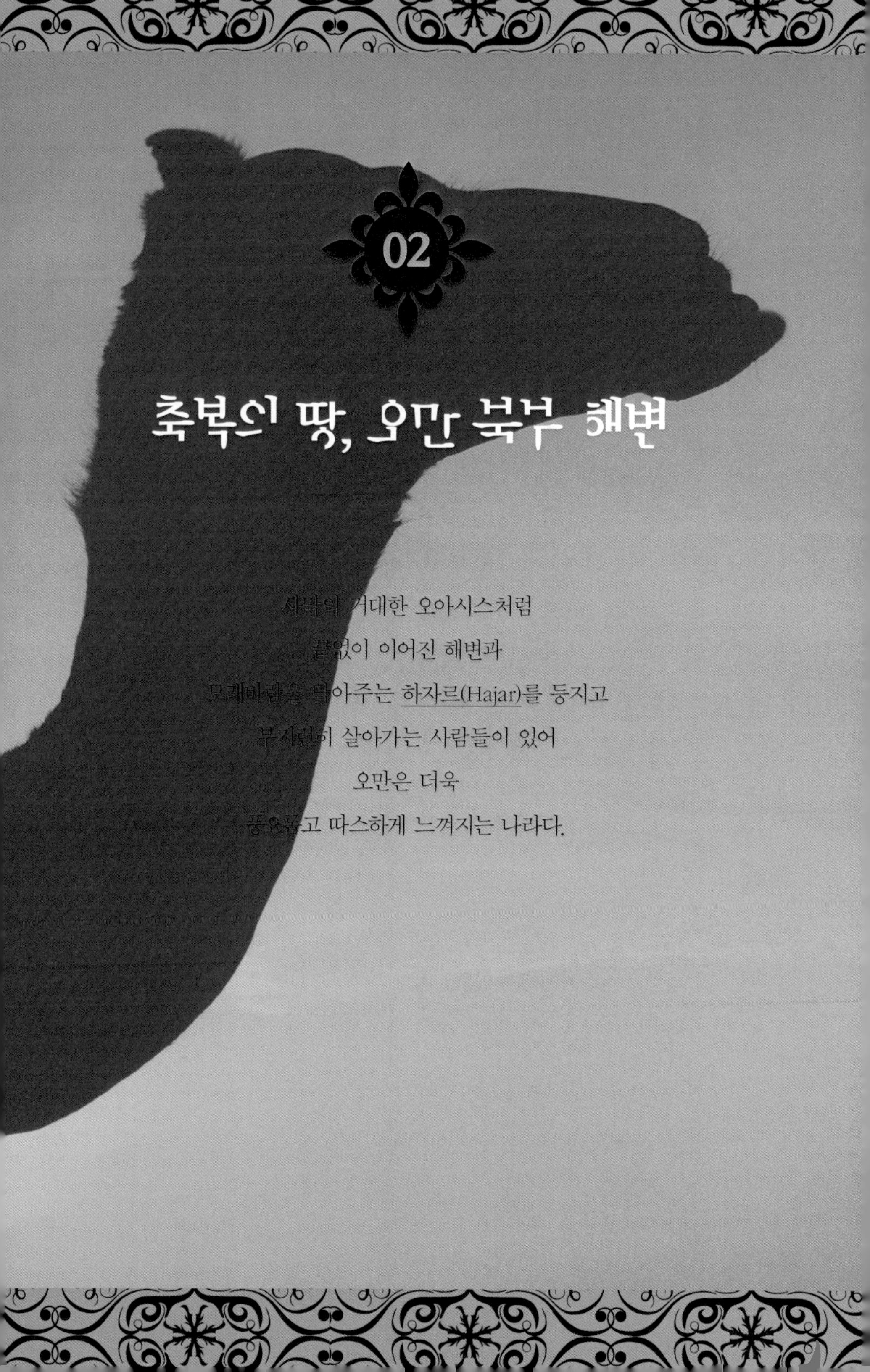

02

축복의 땅, 오만 북부 해변

타파의 거대한 오아시스처럼

끝없이 이어진 해변과

모래바람을 막아주는 하자르(Hajar)를 등지고

부사리히 살아가는 사람들이 있어

오만은 더욱

풍요롭고 따스하게 느껴지는 나라다.

바티나(Batinah)

오만의 수도 무스캇(MUSCAT)에서 북쪽의 소하르(Sohar) 쪽으로 형성된 해변 지역은 오만에서도 가장 축복 받은 지역 가운데 하나이다. 이곳은 해변을 따라 하자르 산맥이 형성되어 사막의 거친 모래바람을 막아주고, 앞으로는 드넓은 인도양이 펼쳐져 있어 타 지역에 비해 훨씬 도시가 많이 형성되어 있다. UAE의 두바이를 방문하려면 꼭 거쳐가야 하는 이 지역은 알바티나(AL-BATINAH)로 불리며, 신드바드와 깊은 인연이 있는 곳이다.

시브(Seeb)와 바르카(Barka) 지역은 바다와 인접해 있어, 해변을 따라 달리다 보면 곳곳에 아름다운 물가 경치를 즐길 수 있는 곳이 많다.

무스캇 변두리 지역인 시브(SEEB)를 시작으로 바르카(BARKA)와 알사와디(AS-SAWADI)를 지나면 UAE 국경의 알하타(HATTA)에 이르기 직전에 소하르(SOHAR)를 만나게 된다.

시브를 지나면서부터 해안가 곳곳에 펼쳐진 작은 어촌 마을과 해변은 무스캇 시민들이 주말이면 즐겨 찾는 인기 있는 해변이다. 운이 좋은 날은 곳곳에서 고기를 잡아 내리는 작은 배들을 볼 수도

있다. 그런 때는 물끄러미 바라볼 일이 아니라 가까이 다가가 잡아온 고기를 만져도 보며 사람들과 어울려 보기를 권한다. 그물로 고기를 잡는 대부분의 어부들은 그물 중간 중간에 하나씩 걸린 큰 고기만 들고 갈 뿐, 주변에서 지켜보던 사람들이 작은 고기를 챙겨 가는 일에는 아주 관대하다. 물론 사람들이 추려내고 가버린 후 남은 것들은 갈매기들의 몫이다.

작은 고기는 지천이지만, 큰 고기를 찾기는 쉽지 않아 보인다

제 차례를 기다리는 수백 마리의 갈매기들이 준비가 완료되었음을 알리며 깍깍거리고 있다.

조개 잡는 날

오만 입국의 관문인 무스캇 국제공항(MUSCAT INTERNATIONAL AIRPORT)이 위치한 시브 지역은 우리 가족에게 최대의 쇼핑 센터인 까르푸 시티 센터의 기억과 함께 조개를 잡던 곳으로 추억되는 곳이다. 이곳도 바다를 면한 곳이라 해변마다 조개가 있을 성싶으나, 대부분 모래 해변인 오만에서 조개가 살 수 있는 적절한 자갈과 갯벌이 혼재한 곳을 찾기는 쉽지 않은데, 이곳 시브 지역에는 이런 자갈 해변이 펼쳐져 있어 잡는 재미와 함께 먹는 재미도 쏠쏠히 안겨준다.

이 나라 사람들이 조개를 주식으로 식용하지 않는 것이 우리 한국 사람들에겐 그나마 복 중의 복이다. 어느 해였던가, 누군가 우연히 바닷가에 갔다가 조개를 보고는 이게 우리나라 것하고 비슷한데 한 번 먹어볼까 하고 채집이 시작되었다고 한다. 그 다음해에 우리 한국 아줌마들의 극성에 한 해변의 조개가 씨가 말라버렸다는 다소 믿기지 않는 소문의 진상을 확인하기 위해 우리는 오늘도 조개를 찾아 나선다.

요즈음 새로이 각광 받고 있는 웨이브(Wave) 주거 단지 앞을 지나 계속 북쪽으로 해변을 달리다 보면, 시브의 잘 꾸며진 해안도로가 나오고 그 끄트머리에 넓게 펼쳐진, 모래와 자갈이 혼재된 해변을 찾을 수 있다. 썰물 시간을 맞추어 가야 찾기가 쉽다.

처음엔 재미로 시작한 일이 아내의 성화에 못 이겨 온 식구들이 동원되었다. 결국 허리에 파스를 붙이고 나서도 해변으로 향하는 아내의 근성을 여기서야 발견하게 된다, 한국에서도 보지 못했던 그 근성을. 한국 사람들이 조개를 좋아한다는 소문이 퍼져서 필리핀 아줌마들이 조개를 캐서 한국 사람들이 예배 보는 날 교회 앞에서 판다는 소문마저 있다.

열심히 땡볕 아래서 조개를 캐는 아내와 딸, 그리고 그 수확물의 양을 가늠하고자 대기 중인 아들 앞에 웬 낯선 사내가 있다. 영문도 모르고 우리를 따라 조개를 함께 캐기 시작한 지나가던 인도 노동자다.

고향의 맛을 잊지 못해 물 다르고 햇볕이 다른 이국 땅 먼 곳에서도 그 맛을 찾는 우리는 분명 한국 사람이 맞다.

축복 받은 알바티나

오만은 사막 기후인데도 채소의 자급률이 50%를 넘는 비결은 시브에서 소하르에 이르는 해변가에 펼쳐져 있는 농장과 비닐하우스에서 찾을 수 있다.

도로 주변에서 흔히 보이는 비닐하우스들

4계절의 구분이 모호한 이곳 기후에서는 풍부한 햇볕의 도움으로 어디서건 물만 공급되면 연중 내내 채소 재배가 가능하다는 이점이 있다. 아직도 많은 과일과 구황작물이 외국에서 수입되고 있지만, 밥상에 늘 올릴 수 있는 신선한 채소가 자국에서 재배된다는 것은 얼마나 큰 축복인가. 소하르에는 우리 한국 사람이 경작하는 채소 농장도 있다.

소하르에 이르기 전까지 도로 양쪽에 끝없이 펼쳐져 있는 농장들

술탄 카부스 대학교(Sultan Qaboos University) 근처에 위치한 야채 시장. 이곳이 중동의 야채 시장이라고는 믿기지 않을 만큼 팔리고 있는 야채의 종류가 많다.

　　바르카는 룰루(LuLu) 슈퍼 마켓에서 집사람이 항상 구매하는 계란이 바르카 계란이라 지명이 익숙한 곳인데, 채소도 적당히 섭취하며 자란 닭들이 좋은 계란을 제공하는 게 아닐는지….

알사와디와 미스터 사우드(Mr. Saud)

두큼(DUQM)에서 같은 부서에 근무하는 통신 담당자 사우드의 초대를 받고 바르카를 지나 알사와디에 있는 그의 친구 집에 초대받아 가는 날이다. 알사와디 리조트의 안내 표지판을 따라 오른쪽으로 돌아 들어간 해변에서 사우드를 만나 그의 친구 파이잘(FAISAL)과 함께 눈앞에 보이는 작은 섬으로 걸어가기로 한다.

썰물 때만 물이 빠진 곳을 따라 걸어서 들어갈 수 있는 알사와디의 일명 스톤(Stone) 섬

섬에 올라 내려다본 넉넉한 갯벌의 전경. 조개는 없다.

　섬 일주를 마치고 내려온 우리 가족을 친구의 작은 보트에 실어 섬 뒤쪽의 보이지 않는 곳까지 세세하게 보여주는 그는 전형적인 친절한 오만 총각이다. 우리 아들이 사우드와 금세 친해져 슬슬 장난을 치기 시작한다. 아직도 총각인 사우드는 어릴 적에 부모님이 짝 지어주신 여러 처녀들이 계속 다른 총각들과 결혼하기 시작한다며, 얼른 돈 벌어 장가가야 한다고 너스레를 떤다. 이곳 남자들은 직장을 얻으면 여자를 데려오기 위해 집과 보석 등을 구입할 자금을 마련해야 하기 때문에, 꾸준히 직장을 다니기는 하지만 보수가 좋은 직장을 계속 구하느라 생각보다 이직률이 높다.

결혼을 위해 여자들이 크게 준비할 것이 없어 보여서인지 한국 아줌
마들은 오만이 여자가 복 받은 나라라고들 말한다. 웬만한 집에는 하녀
(메이드)들이 집안 일을 다하기 때문에, 처녀 때 몸매가 좋았던 여자들
도 결혼 후에는 계속 몸이 부풀어오르는 경우를 많이 볼 수 있다.

웃고 있는 아내와 딸의 너머로 보이는 무뚝뚝해 보이는 사우드의 친구는 실제로는 친절하게 우리에게
많은 곳을 보여주기 위해 땡볕에서도 시간을 즐겁게 할애해준 또 다른 착한 오만 총각의 전형적인 모습
이다. 일상 생활 중에는 그들도 디시다샤(전통 의복)를 벗고 평상복 차림으로 고기도 잡고 일상 생업에
종사한다.

썰물에 걸쳐 비스듬히 여유를 즐기는 도우 한 척이 보인다.

우리나라 같으면 목걸이라도 만들 요량으로 다 주워갔을 작은 조개 껍질들이 해변에 지천이다.

해변 산책과 바다 구경을 마친 우리 식구에게 사우드는 해변 인근에 위치한 친구네 농장으로 가서 점심을 먹자며 우리를 데려간다. 야자수 그늘 아래 널찍하고 좋은 곳에 자리를 잡았는데, 낙타 똥 냄새가 좀 많이 나고 근처에 소가 있어서 파리들이 좀 많다. 그래도 참 맛나게 함께 점심을 먹었다. 역시나 음식을 준비해주었을 여자들은 볼 수도 없고, 오만 남정네들과 앉아서 손으로 음식을 먹는 아내와 딸이 낯설어 보인다.

몇 번이나 현지인 집에 초대 받은 적이 있었지만, 한 번도 집안 여자들과 밥을 먹은 기억이 없다. 몇 십 년이 흐르면 바뀔지 의문이다.

식사가 끝나고 농장 이곳 저곳을 보여준다며 우리를 재촉한다. 양들이 모여 있는 울타리 안에 죽은 까마귀 한 마리가 줄에 매달려 있다. 몰래 양들의 사료를 축내는 놈인데, 시범 케이스로 잘못 걸린 놈인가 보다, 딴 놈들 오지 말라고. 이유를 물으니 우리가 생각했던 것과 비슷한 이유라고 한다.

꽤 달리기 실력이 좋은 경주용 낙타 한 마리가 우리에 있다며 보여준다. 마침 새끼 낙타가 함께 있어서 좋은 사진 거리라 생각되어 다가가자 경계의 눈초리가 가득하다. 항상 우둔해 보이고 그저 점잖게만 보이던 낙타도 모성은 강한 것 같다.

농장에서 보호하고 있는 낙타들은 함부로 달리지 못하게 앞발, 혹은 뒷발까지도 끈으로 묶어서 보폭을 줄여놓는다. 가끔씩 이런 낙타들이 길거리를 걸어가다가, 차량이 달려오는데도 빨리 달리지 못해서 아깝게 차에 치이는 경우도 있다. 귀여운 망아지도 한 마리 있다. 이놈은 물도 잘 먹고 담배도 갖다 대면 들이마시고 만다.

신드바드(SINDBAD)의 고향

두바이로 가기 위해 UAE 국경 쪽 하타(HATTA)로 달리다 보면 마지막 큰 도시 소하르(SOHAR)가 나오는데, 이곳이 오만에서는 우리가 익히 알고 있는 신드바드라는 사나이의 고향으로 알려진 곳이다. 아마도 이곳 인근에 신바드(SINBAD)라는 지명이 있는데, 거기서 유래하여 신드바드로 혹은 신밧드로 불리는 게 아닐까 한다. 혹자는 신드바드가 인도의 신드 마을 출신 선원이라고도 하나, 우리 같은 외국인의 귀에 어느 쪽이 옳고 그른지는 그리 중요한 문제가 아닐 듯싶다.

나이 든 사람들은 여전히 그가 실존 인물이라고 하고, 젊은이들은 신화 속 인물이라고 치부해버린다. 그래서 그는 번듯한 이름을 딴 유원지로도 환생하지 못하고 간간이 관광 여행 상품의 이름이나 이곳 오만텔 통신사의 패키지 상품명으로 쓰이고 있다. 2011년 한 해 동안 중동을 뜨겁게 달구었던 민주화 혁명들이 시리아, 예멘 등을 화염에 불타게 했을 때, 오만에서는 이곳 소하르에서 첫 소요 사태가 일어났다. 주유소가 불타고 일부 시위대가 사망한 오만의 이 전대미문의 험악한 사태는 그러나 채 한 달을 버티지 못하고 사그라졌다.

중동·북아프리카에서 군주제를 유지하고 있는 나라는 사우디아라비아, 아랍에미리트연합(UAE), 쿠웨이트, 카타르, 오만, 요르단, 모로코 등이다. 사우디 왕가와 오만의 경우 거의 100년 혹은 그 이상을 한 왕가가 통치하고 있는 터라 외신에서는 이 두 나라를 상당히 우려하며 지켜보고 있다. 소요 사태가 일어난 이후 오만 정부의 발 빠른 대응은 전반적으로 '슬로우 컨트리'(slow country)로 여겨지는 오만에서는 상당히 이례적인 조치였다. 국왕의 개각 발표와 함께 구직자들에게 월 150리얄과 여러 가지 혜택을 지원하겠다는 발표에도 소하르 시위가 지속되자, 노동부 장관 등을 대동하고 국왕이 직접 소하르에 가서 시위자들과 만나 요구사항을 들었다고 한다. 다행히 국왕의 담화 발표 이후 폭력적인 상황들이 진정되어 놀란 가슴에 짐을 꾸리던 외국인들도 안정을 찾게 되었다. 정부 내에서 수십 년씩 장관을 하며 커미션을 챙겨 먹는 부패한 장관들이 하루 만에 모두 교체된 것을 보면, 국민의 불만 사항을 제대로 읽어내고 신속한 조치를 취하는 것이 지도자의 중요한 덕목임을 새삼 깨닫게 된다.

아름다운 산과 광활한 사막, 그리고 사람들

모래 속에 우뚝 솟은

산들을 바라보는 것만으로도

일상의 답답함을

씻어내기에 충분하건만,

그 산을 벗하여

열심히 일상을 이어가며 사는

따뜻한 사람들이 살고 있는

마을을 방문하며

스스로를 정화하는

값진 시간을 허락해준

고마운 나라

알다클리야(AI-DAKHLIYA) 산악 지역과
알다히라(AL-DHAHIRAH)) 사막 지대

알바티나(Al Batinah)의 해안도로를 따라 북쪽으로 올라가면, 바르카(Barka)를 지나는 지점에서 나칼(Nakhal)을 알리는 이정표를 R/A에서 쉽게 찾을 수 있다. 다클리야(Dakhliya) 지역의 초입에 해당하는 나칼은 조물주가 얼마나 세상을 공평하게 창조하셨는지를 알려주는 좋은 증거가 되는 곳이다. 다른 지역처럼 바다를 끼고 있지도 않고, 다히라(Dhahirah)나 우스타(Wusta)처럼 기름이 퐁퐁 나오는 유정도 없지만, 이곳은 험한 산세를 끼고 그 우람한 산맥의 끝자락에서 간간이 새어 나오는 물을 머금어 광활한 대추야자 농장을 펼쳐놓는다.

나칼 주변을 빽빽하게 채우고 있는 대추야자는 미처 민둥숭이 산들을 보지 않으면 이곳이 중동인지 동남아인지 모를 정도로 그 울창함을 과시한다.

무엇보다 야자나무 구경의 극치는 나칼 성(fort)에 올라 망루에서 밖으로 내다보는 온통 녹색의 푸른 물결이라 하겠다.

조물주의 공평한 배려를 밖을 쳐다보면서 느끼는 곳. 오히려 야자나무 숲에 가려진 집들을 찾기가 더 힘들 정도로 빽빽이 들어선 나무들.

그 야자수의 한 중앙에 위치한 나칼 성은 적으나마 입장료를 지불해야 하는 곳이다. 그 수익 덕분인지는 모르겠으나 간간이 옛 모습을 알려주는 유물들을 정성스레 곳곳에 배치해 두어, 다소 더운 날씨에도 방문자들이 물건들을 감상하며 성을 둘러볼 수 있는 여유를 안겨준다. 작은 삿갓과 차 주전자는 지나쳐 가면서 보아도 세월의 깊이가 흠뻑 느껴진다.

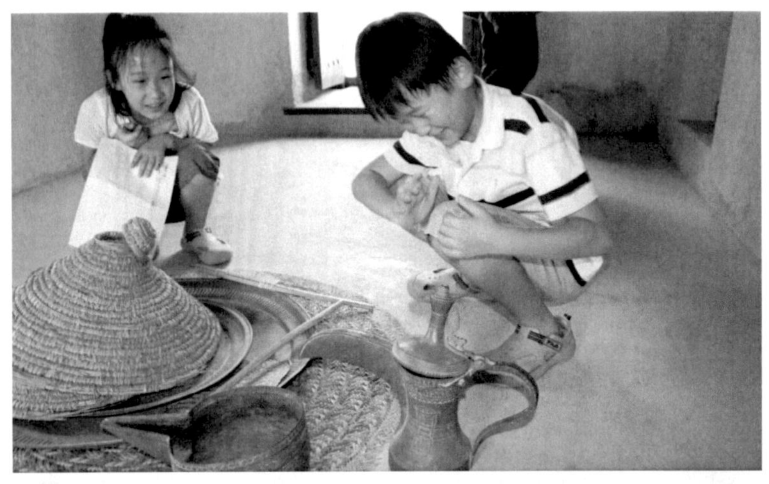

성안에서 이리저리 길을 찾아 두리번거리는 우리 딸은 마치 타임머신을 타고 과거로 온 듯 둘러쳐진 성벽과는 너무나 어울리지 않는 모습이다.

나칼 성에 대한 정보만을 가지고 이곳을 방문하는 사람들이 많이 놓치는 구경 거리가 하나 더 있다. 성으로 들어오던 길을 따라 10여 분 정도 좀더 끈기를 가지고 마을의 꼬불꼬불한 길을 계속 들어가다 보면 커다란 주차장이 나온다. 이곳에는 연중 물이 졸졸 흐르는 냇가가 있어,

아는 사람들만이 더운 날 그늘에 앉아 더위를 식히며 소풍을 즐길 수 있는 호젓한 곳이다. 물속에는 닥터 피쉬(Doctor Fish, 혹자는 그렇게 주장하지만 내가 보기에는 그냥 이름 모를 작은 고기일 뿐)가 바글바글 하여, 발을 담그는 순간 각질과 상처 부위에서 나오는 냄새를 맡고 들러 붙어 집중 공격을 퍼부어댄다.

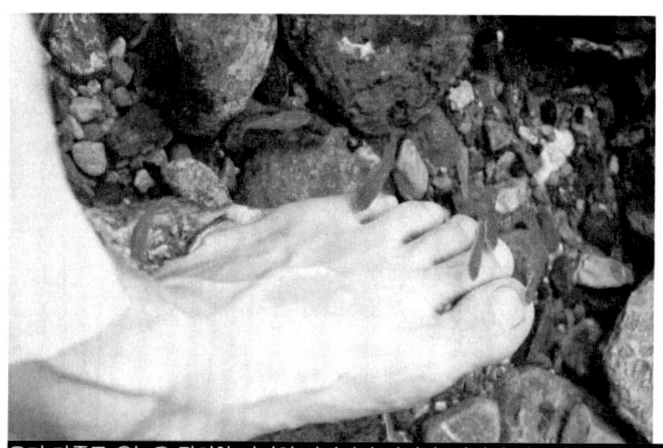

우리 가족도 오늘은 잔인한 자연의 파괴자가 아니라, 자연의 일부인 고기들을 먹여 살리는 협조자로서 우리의 두 발을 기꺼이 고기에게 내어주었다.

냇가 옆에 자리를 잡고 생활하는 사람들은 중동의 신선처럼 호사스러움을 누리고 살아간다. 단지 찾아 오는 관광객들의 소란스러움을 방관할 수 있는 푸근한 마음만 가지고 있으면 된다.

  나칼과는 다소 떨어져 있지만 니즈와(Nizwa)로 가는 길 중에 다른 길로 접어들면 루스탁으로 들어갈 수 있다. 도시 주변이야 다른 곳과 별반 다를 바가 없지만, 이곳에는 선뜻 발을 담그기가 망설여질 정도의 따뜻한 물이 나오는 온천이 있다. 우리나라처럼 위락 단지를 연상해서는 안 되며, 그저 동네에 온천이 덩그러니 있다고 보면 된다.

깊이를 가늠하기 힘든 웅덩이에서 뜨거운 물이 흘러나온다.

  이 물길을 따라 아래로 내려가면서 발을 담글 수 있는 족욕장과 남탕, 여탕이 구분된 샤워장이 나온다. 물 색깔만 보고는 온도를 가늠할 수 없지만, 손을 담가 보면 대부분 놀랄 만큼 수온이 꽤 높다. 더운 온천에 따갑게 햇살이 쏟아져 들어와 더 데워졌을 수도 있을 것 같다.

아래로는 뜨거운 온천이 흐르고, 위로는 수십 년 땡볕에 마르고 굳어
져 돌처럼 단단해진 벽과 그 벽을 의지하고 앙상하게 완전히 말라버린
나무 막대기를 보고 있자니 절로 숨이 턱턱 막히는 것 같다. 역시 이곳
은 별로 정이 가지 않는다. 식구들을 독려하여 빨리 마을을 떠난다.

늘 접하는 비슷한 하늘과 산과 들, 그리고 그렇고 그런 집들을 지나
니즈와로 향한다.

니즈와(Nizwa)

　오만 북쪽의 내륙 지방을 돌아다니면서 피해갈 수 없이 꼭 경유하게
되는 니즈와는 6, 7세기경에는 오만의 수도였던 꽤 번성한 도시다. 특히
니즈와 성(fort) 주위에는 5개의 커다란 시장이 있어서 가축, 고기, 야채,
각종 수공예품과 총기류까지 다양한 볼거리를 제공한다.

　니즈와 성 역시 나칼 성처럼 박물관 형식을 빌려 성 내부를 꾸며놓았
는데, 좀더 알차고 다양한 유물들이 전시되어 있으므로 시간을 두고 찬
찬히 살펴볼 여유가 되는 사람만 입장하는 것이 좋다. 시나우(Sinaw)에
서 여인들이 많이 착용하는 바르카(Barqaa, 눈가리개)의 종류와 옛 모
습을 복원하여 놓은 포신이 보인다. 이 눈가리개는 부족의 전통이지 종
교적인 속박이 아님을 다시 한 번 강조하고 싶다. 타 종교에 대해 비판
적인 시선으로 그 문화까지 싸잡아 흉보는 오류를 저질러서는 안 된다.

오만의 여러 지역에 분포하는 각 부족의 특색을 보여주는 눈가리개들. 첫 번째는 시나우(Sinaw)가 속한 샤키야 지역의 것으로, 시나우 시장에서 흔히 볼 수 있는 것이다. 세 번째는 무산담 지역의 것, 맨 아래는 두큼이 있는 우스타(Wusta) 지역의 것이다. 잘 눈여겨보아두면 여성들의 눈가리개만 보아도 어느 지역에 와 있는지 미루어 짐작할 수 있다.

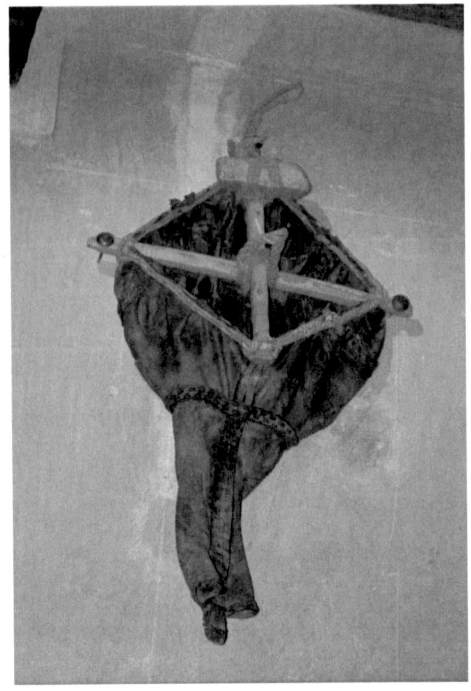

동물의 가죽으로 만든 물통

한때는 생과 사를 좌지우지하는 물 담는 귀중한
물병이었으나, 지금은 관광객을 위한 상품으로
전락하여 가게에 내걸린 물병들.

시장 곳곳에서 볼 수 있는 매달린 물병들. 아마 뜨거운 대지 위에는 물병을 놓을 수 없기 때문에 생긴 아이디어가 아닐까? 이런 형태의 물병은 오만 각지를 비롯하여 UAE 쪽에서도 흔히 볼 수 있는, 중동 지역의 공통된 형식이다.

니즈와 성 앞에 위치한 가축 시장에서 가축을 차량에 싣기 위해 분주한 사람들

시장 한가운데에 쌓아 올린 수공예품들이 땡볕 아래서 더욱 단단해지면서 주인을 기다리고 있다. 다리가 아픈 핑계로 골목길을 무시하고 좋은 길만 찾아 다니면, 작은 골목길 사이에 숨겨진 귀한 구경 거리들을 놓칠 수 있음을 명심할 일이다.

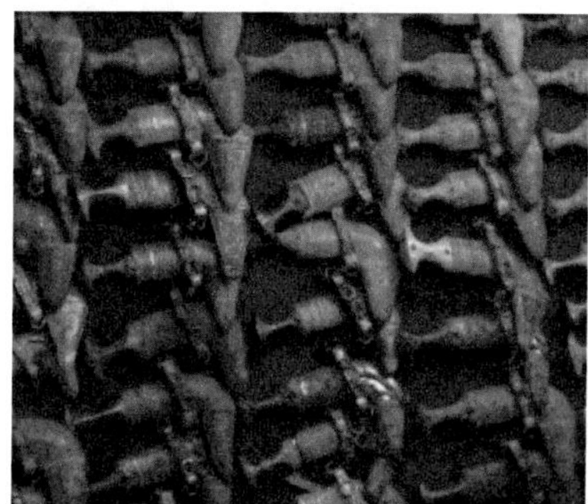 

칸자와 낙타 모형을 본뜬 기념품들. 수공예품이 아닌, 공장에서 찍어낸 듯한 모습에 다소 정감이 가지 않는다.

자발 아크다르(Jabal Akhdar, 푸른 산)
자발 샴스(Jabal Shams, 태양의 산)

하자르(Hajar) 산맥 중에 있는 여러 산들 중에서도 단연 최고로 꼽는 유명한 산이 두 곳 있다. 태양의 산과 푸른 산이다.

푸른 산으로 불리는 자발 아크다르는 4륜 구동 차량만 입장이 허가되는 가파른 경사 길을 열심히 올라가 맞이하는 아름다운 산이다.

동네 끝자락에 서서 맞은편 옛날 주거 지역의 사진을 한 컷. 예전부터 사람들이 이곳에서 미리 기후상의 이점을 살려 살고 있었음을 알 수 있다. 사철 서늘한 기온 탓에 많은 과일들이 나고 동네 곳곳이 파란 나무들로 우거져 산의 이름이 되었을 것으로 짐작된다.

산 위에는 제법 규모가 있는 주거 지역이 있고, 서늘한 기후 덕에 많은 과일이 재배되는 별천지

아침에 눈을 뜨면 초록을 맞이할 수 있는 몇 안 되는 축복의 보금자리

자발 샴스(Jabal Shams)

  태양의 산으로 불리는 자발 샴스는 개인적으로 자발 아크달(Jabal Akdar)보다 더 선호하는 곳으로, 정상에 부는 시원한 바람과 좀더 한적한 고요함, 그리고 주변에 와디 굴(Wadi Ghul)과 미스파 알이브리인(Misfah Al-Ibriyin) 마을을 함께 둘러볼 수 있어 선호한다. 운이 좋은 날은 후타 동굴(Hoota Cave)까지도 한 번에 방문할 수 있다. 오만에서 가장 높은 곳에 위치한 것으로 알려져 있으며, 따라서 태양 아래 가장 태양과 가까이 있는 산이다.

지도만 보고 찾아가기에는 다소 표지판이 미흡하지만, 저 멀리 우뚝 솟은 산을 바라보며 달리는 것이 가장 좋은 이정표가 된다.

  중간에 비포장 길이 나오지만 두려워하지 말고 계속 진행하여 승용차로도 완만하게 오를 수 있는 정상에 올라서면, 멀리 눈 아래로 장대한 산맥이 보이고, 발 아래로는 오만의 그랜드 캐년으로 불리는 협곡이 나온다.

산 입구에서 늘 쉬어가던, 이제는 정든 나무

　협곡 언저리로 가늘게 보이는 길을 따라 트래킹 길(Tracking road)이 있다고는 하는데, 예전에 한 번 트래킹을 하다가 경험한 안 좋은 추억이 있어서 다시 시도해본 적은 없다. 전망이 좋은 길가에 안전 로프를 설치해두어 쉽게 협곡을 감상할 자리를 찾을 수 있다.

산 정상에는 예전부터 사람들이 살았던 흔적들이 곳곳에 있는데, 이곳은 차량을 곳곳에 계속 세워가면서 주위를 둘러보아야만 제대로 된 경치를 구경할 수 있다. 그저 차 안에서 밖을 내다보며 달리면 아무것도 보지 못한 채 호텔까지 무의미하게 도착해 버리기 일쑤다.

산 위에 살고 있는 베두인들은 염소를 키우거나 관광객을 상대로 기념품을 팔며 생계를 이어간다. 주로 아이들이 나와서 판매를 하고 있는데, 절대 순진하게 보아서는 안 된다. 협상의 귀재들이다.

아들에게 접근을 노리고 있는 동네 아이. 잘못 골랐다. 땡전 한 푼 없는 아들인데.

산 정상의 기온이 아래 마을보다 꽤 낮으므로 항상 여분의 옷을 준비하고, 하룻밤 잘 요량으로 간다면 별도로 체온을 유지할 수 있도록 대비해야 한다. 다만 처음엔 그저 두 팔을 쭉 벌려, 오염 없이 상쾌하게 폐부를 스며드는 상쾌한 추위와 공기를 마음껏 흡입해보시길 권한다.

협곡을 구경하는 맞은편에 자리 잡은 삐끼들의 본거지. 이곳에서 동네 아이들이 여러 가지 물건을 늘어놓고 팔고 있다. 곧 호텔이다.

산 정상에 위치한 쟈발샴 리조트의 입구.

텐트, 방갈루 등 여러 가지로 선택하여 방을 구할 수 있다.

아쉬움을 뒤로하고 내려오는 길. 운전의 편리함을 애써 뿌리치고
자주 차에서 내려 주변을 꼭 둘러볼 것을 한 번 더 강조해본다.

와디 굴(Wadi Ghul)

   산을 내려오다 맞은편에 길다랗게 성처럼 보이는 마을이 있다면, 차를 왼쪽으로 꺾어 내려가야 한다. 이곳은 산을 올라가는 길보다는 내려오는 길에 여유를 가지고 꼭 방문하여 둘러보는 것이 좋다. 와디 굴은 현재 사람이 살지 않는 옛 거주 구역으로 야자 나무 뒤로 길게 위치해 있다. 아마도 그 옛날 서로 물을 차지하기 위해 분쟁이 심하던 시절에 산 위에 성처럼 돌로 집을 짓고 농사와 전쟁을 병행했으리라.

절대 사진만 찍고 스쳐 지나가는 우를 범하지 말 것.

경사가 심한 바위 위에 돌을 하나하나 맞추어 쌓아 올린 정성이 세월의 공세를 이기고 아직도 옛 모습 그대로를 간직하게 하는 것 아닐까.

지금도 지붕에 야자 잎만 덮으면 바로 거주가 가능하리만큼 굳건히 자리를 지키고 있는 벽들. 돌만큼도 버티지 못하는 사람들은 이제 모두 떠나버렸다.

미스파 알 이브리인(Misfah Al-Ibriyin)

　사람과 유적이 함께 어울려 아직까지도 옛 체취를 느낄 수 있는 거의 유일한 유적지가 미스파 알 이브리인이다. 굴(Ghul)에서 나와 <u>함라</u> (Hamra)에서 왼쪽으로 꺾이는 R/A에서 이정표를 찾을 수 있는데, 이젠 길이 끝이겠지 하고 여겨지더라도 산중턱까지 끝까지 계속 가보는 노력이 있어야 찾을 수 있는 곳이다. 어떤 이들은 동네를 한 바퀴 돌다가 모르고 다시 나와버리는 경향이 있는데, 동네 끝에 위치한 작은 주차장의 끝까지 가는 수고가 있어야만 찾을 수 있다.

　지금부터는 고대의 골목으로 들어서는 것이다.

　현재도 주민들이 거주하는 곳인데, 골목길에서 소란을 떨지 말고 가볍게 살람 알리큼을 던지며 골목길을 여유 있게 산책하자. 산책이 끝날 즈음 우람한 물소리가 들리면 계속 내려가야 산책로가 나타난다. 산속

콘크리트 주차장과 조우하는 오래된 흙담이 세월을 초월한 타임머신의 경계가 되는 곳

흘러나오는 물을 돌리고 또 돌려 빈 곳 없이
나무를 심어 가꾸는 정성이 너무 아름답다.

다시 돌아 나오는 골목길에서 우연히 포착한 하늘과 옛 것과 거미줄, 그리고 빛

후타 동굴(Hoota Cave)

　동굴이 있을 것 같지 않은 곳에 있어서 새롭게 보이는 후타 동굴은 한국의 동굴과는 비교가 되지 않는 작은 크기이지만, 한국에서도 동굴 구경을 못 한 사람이라면 한 번 도전해보시기 바란다. 동굴 내에서는 사진 촬영이 금지되어 있으며, 설치되어 있는 기차는 운행하는 날보다 고장 나 서 있는 날이 더 많다는 사실을 염두에 두라. 단, 방문 전 예약은 필수다. 동굴이 싫다면 입구의 뷔페 식당에서 간단하게 점심이라도 드시고 가시길.

파우드(Fahud)와 지발(Jibal)

다히라(Dhahirah) 지역은 대부분 사막으로 덮여 있는, 산도 물도 없는 고립 무원의 지역이다. 하지만 공평하신 조물주께서는 이곳에 석유를 허락하셔서 다른 지역과의 형평성을 지켜주셨다. 사우디아라비아와 국경을 마주하는 그곳 국경 지대까지 광범위하게 유전이 개발되고 있는 곳이다.

니즈와(Nizwa)에서 서쪽으로 방향을 틀어 사막 속으로 들어간다. 간간이 보이던 도시를 알려주는 이정표들이 점점 사라지고, 사막에서는 유정의 위치를 알려주는 Block #546 등의 표지판들이 길을 알려줄 뿐이다.

보이는 것은 모래와 도로뿐

간간이 보이는 유정의 시커먼 연기와 간이비행장만이 이곳에도 사람이 살고 있음을 알려준다.

한 시간을 달려도 마주 오는 차가 없으니 점점 불안해진다. 마음은 앞서지만 차량은 지발(Jibal)을 지나자마자 군인들의 제지를 받는다. 차량으로는 사우디 국경을 통과할 수 없으니 돌아가란다. 절대 추천할 수 없는 여행 하나를 마감한다.

개구리 소년들의 자발샴(Jabal Shams) 등정기

　아직 오만에 대해 철이 덜 든 어느 날, 동료 두 명을 꼬셔내어 일전에 차로 올라갔던 자발샴을 등반해보기로 약속을 잡았다.

　목요일 새벽 4시에는 아주 좋은 분위기였다, 마치 소풍날의 설렘처럼…. 7시에 현지에 도착하여 자발샴으로 개구리 소년들마냥 무작정 등반을 시작한다. 8시…, 꽤 많이 올라온 것 같은데…, 여전히 저 아래 동네가 너무 가까워 보인다.

날이 더워지기 전에 좀더 올라가기로 한다. 그래도 안내 책자에는 이 길이 가장 쉬운 길(best easy way)라는데….

09시, 햇볕이 점점 따가워지는데 이상하게도 아직 정상이 보이질 않는다. 살살 약도 오르고 점점 쉬는 시간이 잦아진다.

왠지 이제는 앉아서 쉬어도 영 두 사람의 표정이 밝지가 않다. 성질도 나고 힘도 들고 사진 찍는 나도 점점 귀찮아진다.

10시. 이 정도면 꽤 많이 올라온 것도 같은데….

주변의 봉우리들이 조금씩 우리 발 밑으로 지나간다. 하지만 우린 땡칠이가 다 되어간다.

이제는 걷는 게 더 이상 걷는 게 아니다. 마음도 머리도 몸도 다 비운 담담한 표정으로 그냥 올라간다. 따라오겠다고 하다가 오늘 따라오지 않은 동료들의 얼굴이 떠오른다. 땡 잡은 줄 아시라.

11시. 이제는 모든 산들이 우리 발 아래 있지만 아직 정상은 보이질 않는다. 누가 오자고 했는지 살짝 약이 오른다. 저 산 너머에 전봇대가 보이는데 거기가 호텔이 있는 정상인가 보다. 하지만 이제 더 이상 정상에 대한 욕심은 없다. 물도 떨어져간다. 그저 다시 차가 있는 곳까지 내려갈 일만 걱정이다. 동료의 낡은 등산화는 더운 열기에 이제 완전히 밑창이 분리되고 있다.

지금 이 사람의 표정은 웃는 게 아니다. 정신이 나간 거다.
흑흑흑…

무조건 내려가기로 한다. 아무도 토를 달지 않는다. 내려가도 끝이 없는 길 돌이 뜨거워 이제는 앉아서 쉴 수도 없다. 죽어라 내려가기만 한다.

더 이상 사진이 없다. 사진 찍기도 귀찮고, 그냥 어디 그늘을 찾아서 잠시만 쉬고 싶을 따름이다. 그런데 돌은 뜨거워 오는데, 그늘을 만들어 주는 나무가 하나도 없다. 여름에는 오만에서 절대 트래킹만은 하지 마시길 간곡히 당부한다. 가장 쉬운 길(best easy way)이라는 말은 절대 믿지 말라, 캑캑…

내려오다가 마지막으로 본 바짝 말라버린 미라 같은 나무.
우리도 저리 될 뻔했다.

두큼(Duqm)으로 가는 여정

매주

두큼으로 가는 여정은

월요일의 출근길처럼

찌뿌드드하거나 피곤한 길이 아닙니다.

늘 같으면서도 다른

억척스럽게 사막에서

천년 이상을 살아온

사람들을 만나는

가슴 설레고

감격적인

벅찬 길입니다.

　3년 동안 주말(목요일/금요일)에는 늘 가족을 만나기 위해 무스캇으로 올라오고 토요일이면 두큼(Duqm)으로 내려가는 생활을 반복하다 보니, 무스캇에서 두큼에 이르는 550km의 길이 이젠 옛 고향의 골목길처럼 친근하게만 느껴진다. 매주 왕복 1100km의 이 길을 달리며, 한국에서는 한 번도 경험하지 못했던 기러기 아빠의 고충을 이해하게 되었고, 살랄라(Salalah)로 향하는 왕복 2200km의 여행을 위한 예행 연습을 마음껏 해본 것 같다.

　무스캇 외곽의 판자(Fanja)를 시작으로 기나긴 여정의 출발을 시작한다. 이제는 자주 보아서 별로 새롭지도 않은 산등성이, 작은 돌에 흰 페인트를 칠하여 만들어놓은 판자 마을의 이정표를 지나서 와디 사마일(Wadi Samail) 곁을 지나친다. 비가 올 때만 물이 흐르는 이곳 와디(Wadi)는 3년 동안 딱 두 번 물이 흐르는 것을 본 적 있다. 와디 주위의 대추야자들만이 그래도 이곳이 물이 있었던 곳임을 알려주는 유일한 증거가 된다.

비드비드(Bidbid)에 도착하면 니즈와(Nizwa) 도로를 직진하여 이즈끼(Izki)를 통해 시나우(Sinaw)로 가는 편하지만 다소 먼 길과, 무다이비 Mudaybi로 돌아가는 짧지만 험한 길이 나오는데, 개인적으로 무다이비로 빠지는 산길을 나는 선호한다. 이즈끼로 향하는 길은 하자르(Hajar) 산맥을 따라 웅장한 산맥을 보며 달리는 재미가 있고, 무다이비로 가는 산길은 험하고 위험하지만 고만고만한 산길을 달리며 추월하는 재미가 있는 데다, 도중에 야채와 꿀을 파는 소박한 노점상을 만날 수도 있어서 이 길을 선호하게 되었다. 또한 이 길은 좀더 다양한 산세와 작은 와디들, 동네들을 계속 지나쳐가며 자연의 생김새에 따라 사람이 어떻게 적응하며 살아가는지를 계속 느끼며 갈 수 있는 다양한 풍경을 제공한다. 어디를 가든 사람은 다른 사람의 냄새를 맡으며 서로 어울려 살아야 제 맛이다.

무다이비로 가는 길을 들어서서 사마일을 지나치는 어귀쯤 산 아래에 위치한 작은 마을에는 대추야자 나무 아래로 연중 채소가 자라난다. 한 번이라도 물이 흘렀던 와디라면 지하수가 있는 곳이 많기 때문에, 군데군데 이런 와디들이 우리네 시골 마을처럼 곳곳에 사람을 모이게 한다. 물이 사람을 모이게 하고, 그 사람들은 다시 물을 길어댄다.

다시 와디가 보이는 마을 어귀에 노점상이 보인다. 이 노점상에는 세월을 즐기는 듯 혹은 심심풀이로 자리에 앉아 있는 듯 크게 물건을 파는 데 욕심을 내지 않는 할아버지가 한 분 계신다. 세월이 만들어준 주름과 흰 수염, 아마도 부모님이 물려주었을 선하게 생긴 얼굴 표정. 야채나 과일, 꿀을 살 때 꼭 이분에게 사게 되는데, 몇 개나 맛을 본다고 해도 싫은 내색 한 번 없으시다. 그래서인지 지나다가 조금 여유가 생기면 잠시 내려 그분 자리에서 쉬었다 가곤 한다.

영어가 통하지 않아 장사하는 다른 사람들과 이야기를 나누어 볼 수는 없었으나, 악착같이 팔려는 마음이 없으니 부담도 없이 잠시 쉬었다 갈 수가 있어 좋은 곳이다. 순진한 그네들의 표정이 여기서 파는 꿀이 진짜 꿀이라는 보증 마크가 된다. 얼굴 표정만으로 물건을 믿고 구입해 본 게 얼마 만인지.

한때 이 사진을 집에 가서 보여주었다가, 김치 담그기 딱 좋은 채소를 왜 사가지고 오지 않고 빈 손으로 그냥 왔느냐고 타박을 맞게 했던 야채. 그 후로 잘 볼 수 없었던 것으로 보아 다른 재소와 달리 계셜에 낮추어 사라는 야재인 듯

노점상을 지나면 무다이비까지는 계속 꼬불꼬불한 커브 길의 연속이다. 잠시라도 한눈을 팔라치면 맞은편에서 오는 차들의 경적 소리나 길가에서 풀을 뜯다가 달려 나오는 염소를 만날 수 있다. 그러므로 저속으로 여유를 즐기며 달리면 좋은 길이건만, 그리 여유를 가지고 달려본 기억이 없는 걸 보니, 이는 분명 한국병이다. 빨리빨리 병. 우린 때로 시간에 쫓기는 것이 아니라, 시간을 쫓으며 살려는 우리 자신의 마음에 쫓

긴다. 시간이 우리에게 여유를 허락했음에도 말이다. 중동 지방에서 오래 견디는 비결은 기후와 자연에 보조를 맞추어 천천히 사는 것임을 진작 깨우쳤지만, 몸과 마음이 항시 같은 보폭을 가지지는 않는다.

제법 파랗게 돋아나오던 풀들도 몇 개월째 비를 주지 않는 하늘 아래에서 서서히 제 빛깔을 잃어가고, 오늘도 먼지를 날리며 산등성이에는 철탑 공사가 한창이다. 산에 나무가 없으니 환경 훼손을 주장하며 공사를 막는 이는 없다. 그래서인지 도로 주변의 산에는 전봇대와 철탑이 마치 산의 일부분인양 자연스럽다. 가혹한 기후는 낯설고 흉한 풍경마저도 때때로 자연스런 그 일부분으로 만들어버린다.

좁은 산길이 끝나가는 곳에 정상에서 대리석을 채취 당하고 있는 제법 높은 산이 있다. 작년부터 시작된 작업이 올해는 속도를 내는 듯, 점점 더 붉은 산을 깎아서 하얀 대리석들을 떼어내는 작업이 요새는 한창이다. 척박한 땅은 석유 이외에도 많은 축복을 여전히 내려준다. 신은 공평하다.

무다이비에 들어선다. 마을 중간에 커다란 변전소가 보이는데, 가끔씩 그 아래서 시커먼 연기를 내뿜는 수십 개의 굴뚝을 보는 행운(?)을 만난다. 내륙 지역에 변변한 발전소를 건설하지 못한 탓인지, 어느 지역으로 전기 공급이 원활하지 못한 날에는 이 수십 대의 발전기를 동시에 가동하여 전기를 공급하고 있으리라 짐작된다.

기름값이 싸다 보니 이 정도의 서비스는 제공해줄 수 있다손 치더라도, 저 많은 매연은 어디로 갈까. 아직 태양이나 바람을 이용하여 전기를 얻어야 할 필요성을 느끼지는 못하겠

지만, 사막 또한 미래의 후손들에게서 빌려 쓰는 곳임을 곧 깨닫게 되기를 바랄 뿐.

저기 멀리 물 저장탱크가 우뚝 솟은 걸 보니 시나우(Sinaw)가 가까워진 모양이다. 수도 무스캇을 벗어나 외곽을 달리다 보면 큰 마을 주변에 어김없이 물탱크와 그 아래서 물을 받아내고 있는 파란색 급수차들을 쉽게 볼 수 있다. 노란색은 똥차다. 그래도 아직 물장사는 망하지 않는 듯, 때론 혹독한 더위가 새로운 일자리 창출의 훌륭한 핑계가 된다. 불편함이 더 많은 일자리를 창출하면 좋은 법인데, 우린 너무 편하기 위해서 일자리를 만들어간다. 그러다 보니 경기가 나빠져 불편을 감수하면 일자리가 더 줄어들어 이중고를 겪는 건 아닐까.

두큼으로 향하는 길에 항상 첫 번째 휴식을 취하는 시나우가 나타난다. 잠시 시나우로 들어오는 다른 루트인 이즈끼 방향을 한 번 훑어보고 와야 될 것 같다. 판자에서 사마일과 임티(Imty)를 지나 시나우로 향하는 길은 시속 140km/h의 주행이 허락되는, 멀지만 편한 길이다. 군데군데 양심을 감시하는 과속 단속 카메라만 조심한다면, 제법 속도를 올려보는 과욕을 부릴 수도 있다. 앞쪽에서 감지하여 뒤쪽에서 촬영하는 카메라는 우리네처럼 앞에서 감지하여 바로 찍어버리는 맹랑한 카메라보다는 더 인간적이고 정이 간다.

수도권을 벗어나기 시작하면 가끔씩 볼 수 있는 군용 차량들. 군대의 위장 색을 보면 그곳의 풍토를 알 수 있다. 위장 색이 모래 색이다. 좀더 먼 사막에서 만나게 되면 가까이 올 때까지 절대 알아챌 수 없는 완벽한 위장이다. 거기에 모래바람까지 불어온다면. 문득 우리나라의 국방색 군용 차량이 떠오른다. 가을 단풍이 들거나 눈 내린 겨울이면 완전히 튀는 색 말이다.

하자르(Hajar) 산맥, 오만의 등줄기

사마일을 지나 이즈끼 직전까지 이어지는 <u>하자르</u> 산맥은 모래바람이 덜 타는 청명한 날이면, 완벽한 속내를 드러내며 나무가 없는 산의 매력이 얼마나 장엄한지를 알려준다. 몇 번이나 맑은 날을 기다려 산 정상이 선명해질 날을 고대하며 촬영을 시도했지만, 3년 동안 잡지 못한 기회는 올라갈 시도도 못 해보는 아쉬움보다 더 크다. 이 산맥 너머에 다킬리야 지역을 설명할 때 나왔던 자발 악다르가 숨어 있다.

하자르 산맥을 따라 곳곳에는 작은 와디들이 즐비하여 간간이 대추야자 농장을 볼 수 있다. 마을 뒤쪽에 자리 잡은 작은 망루들이 예전부터 다른 부족의 침입을 감시하기 위해 세워져 있어 이곳이 사람들이 살아왔다는 증거가 되고 있다.

시나우 시내로 접어든다. 병원 근처를 시나질 즈음에 시장통을 만닌다. 니즈와(Nizwa)나 무트라 쑥(Muttrah Souq)과는 분위기가 많이 다르지만, 너무 세련되지 않은 장터 풍경은 이곳이 제 맛이다. 까만색 부르카가 아닌, 울긋불긋한 원래의 아름다운 부르카를 두른 여인네들이 있고, 불결해 보이지만 맛이 제대로 든 과일을 살 수 있으며, 무엇보다 알씨(고기와 야채를 넣어 만든 샌드위치)와 샤이(오만 전통차)를 즐기며 한숨 돌리고 떠나는 여유를 제공하는 곳이다.

알힐라오우(Al Hilayw)를 지나며 학교를 마치고 쏟아져 나오는 학생들이 보인다. 디시다샤를 모두 똑같이 입고 있으니 별도로 교복은 필요하지 않을 듯하다. 자율 학습도 과외 학원도 없지만, 우리와 똑같이 이들이 미래의 희망이다.

장이 설 때면 항상 막혀버리는 도로이지만 길게 늘어선 대열에 함께
어울려 앞차에 실어놓은 짐들을 바라보는 즐거움을 놓칠 수는 없다. 대
추야자의 어린 묘목이나 삐쩍 말라 보이지만 그래도 소임을 짐작하게
하는 암소 한 마리, 운이 따른다면 주인보다 더 주인스럽고 점잖게 뒷자
리에 앉아 있는 낙타와도 조우할 수 있다.

수도 무스캇(Muscat)에 비해 외진 곳이지
만, 어디서나 오렌지색 작업복을 입은 외국
인 청소부가 보인다. 청소라는 직업 자체가
정부에 의해 자국 오만 인에게는 취업이 금
지되다 보니, 어디서나 외국인 청소부들을

볼 수 있다. 심지어 외진 해변 깊숙한 곳까지 오토바이를 타고 나타나 청소하는 모습을 보고 깜짝깜짝 놀랄 때도 많다. 20여 년 전 우리들의 형님이나 아버지들도 중동에서 저런 차림으로….

시장을 막 벗어나는 어귀, 옛날에 만들어졌음 직한 담벼락에 다시 현대식 블록을 쌓아 담을 이어간 곳이 보인다. 시기를 거슬러올라가 보면 예전의 근사했을 용도를 알아볼 수도 있으련만, 지금은 이제 올라간 젊은 담벼락에 묻어서 그저 담벼락으로만 취급되는 모양새다. 사람이나 물건이나 어디를 가든 젊은 것에 기대어 오랜 것이 따라가는 세태다.

시나우 주유소 옆에는 늘 단골로 들르는 오무(Omu) 커피숍이 있다. 이곳 커피숍에 가서 커피를 달라면 아마 주지 않을 것이다. 커피숍의 의미는 샌드위치나 오만 티(Tea) 등을 파는 간소한 식당의 의미이기 때문이다. 전국

어디를 가도 거의 유사한 메뉴를 갖추고 있다. 단지 맛의 차이만 있을 뿐이다. 이 집에서 가장 먹을 만한 메뉴는 닭고기를 넣어 만든 알씨 혹은 샤와르마(샌드위치 혹은 김밥 비슷한 음식)와 샤이(오만 티) 정도이고, 300 Bz(바이자=900원)이면 두 가지를 간단히 즐길 수 있다.

최근에 오무 식당 옆에 캠핑용 물건을 파는 가게가 문을 열었다. 더운 나라에서 웬 장작에 석탄일까 하겠지만, 전통적인 관습처럼 해가 지면 밖으로 나가 불을 피우고 별을 보며 식사할 수 있는 기회가 생긴다면, 아마 모든 오만 인들이 마다하지 않을 듯하다. 약간 조잡해 보이는 야외 캠핑용 장비들을 진열해두고 팔고 있는데, 의외로 한국에서 보던 것

들과 별반 다름이 없어 처음엔 반갑기도 했던 기억이 있다.

주유소 근처의 화장실 내부 모습. 아이러니하게도 물이 가장 귀한 곳인데도 불구하고 화장실에는 휴지 대신 물로 뒤처리를 하도록 되어 있다. 물만으로는 부족하니 그곳을 왼손으로 살짝 씻어주어야겠지…. 그래서 왼손으로는 함부로 밥을 먹거나 악수를 하면 안 된다. 비데를 설치할 만한데도 비데가 그렇게 눈에 띄지 않는 것도 미스터리이다.

오무 식당에서 나를 알아보는 직원의 어깨 너머로 기름을 넣고 있는 앰뷸런스가 보인다. 이곳에선 열 십자 대신 초승달 모양을 구급차에 붙이고 다닌다.

지금은 공사 때문에 철거되어버린 주유소 옆의 간이 모스크. 벽도 문도 없는, 햇볕을 가리는 차양 막에 돗자리만 깔아놓은, 세상에서 가장 검소한 모스크이다. 번잡한 시내에서 먼 곳일수록 주유소 근처에 모스크가 많다. 여행자들에게 기도 장소를 그때그때 제공하기 위한 동네 사람들의 작은 배려가 아닐까. 이슬람은 단순히 종교의 의미가 아니라 생활 그 자체이다.

주유소를 막 벗어나는 지점, 쉽게 지나쳐버릴 만한 곳에 단(텐트)을 짓는 데 사용하는 야자수 잎 파는 곳과 건초 파는 곳을 언뜻 볼 수 있다. 현대식 콘크리트 건물이 대세이기는 하지만, 아직도 많은 집에서는 본체 옆에 단을 짓고 더운 여름날 저녁 이곳에서 더위를 식히곤 한다. 낮엔 덥지만 저녁이면 빨리 열기를 잃어버리는 사막에 가장 이상적인 주거 형태이다.

마른 건초를 파는 곳. 채소의 자급률만큼이나 가축을 먹여 살리는 건초 또한 거의 자급하는데, 이 역시 해안가에 위치한 와디 등에서 연중 재배가 가능하니 그리 놀랄 일은 아니다.

바르자만(Barzaman) 입구에 들어서면 바로 도로 옆에서 공동 묘지를 찾을 수 있다. 전혀 모르는 사람이 지나치면 절대 공동 묘지로는 보이지 않는, 그저 땅 위에 돌이 몇 개 꽂힌 쓸모 없는 땅으로 보이는 곳.

땅 위에 꽂아놓은 돌들은 비석도 아니요 무덤의 주인을 알려주는 표식도 아니다. 그저 매장한 자리에 다시 매장하는 것을 방지하기 위해 주검이 밑에 있다는 최소한의 표식일 뿐. 더운 기후 탓에 임종 후 하루 안에 바로 매장하는 풍습 때문인지는 알 수 없으나, 매장 후에도 다시 돌아보거나 기일을 지켜 다시 찾을 듯하지는 않다. 죽음 앞에서 이들은 우리보다 더욱 초연하고, 그 죽음을 더 짧은 미련으로 받아들이는 듯하다. 아마도 척박한 땅에 살면서 평균 수명이 짧아서 그런지 죽음은 그저 육체가 햇볕 아래서 건조되어 자연으로 돌아가는 과정일 뿐이다.

본격적인 장례 의식은 모스크에 돌아와 3일 동안 치러진다고 한다.

바르자만 주위를 에워싸고 있는 대추야자 나무들 뒤쪽에 잘 알려지지 않은 옛 주거지가 원형 그대로 보전되어 있는 곳이 있다. 비가 적게 내리다 보니 오랜 세월이 지났음에도 흙으로 된 담들이 아직도 옛날 모습을 쉽게 짐작할 수 있는 형태로 남아 있다. 자연에서 구한 것들은 자연의 보살핌 아래에서 우리의 육체보다 훨씬 오래 남아 있다.

7월 말이 다가오면 사막으로 통하는 도로마다 여기저기 잔뜩 짐을 싣고 그 위에 사람도 싣고 가족 단위로 도로를 달리는 많은 픽업 트럭들을 쉽게 만난다.

베두인들. 오랜 세월 그들의 조상들이 그러했듯 아직도 도시나 농촌에 정착하지 않고 그때그때 낙타나 양들과 같이 사막을 돌아다니며 살아가는 사막의 영혼들. 아무리 사막의 영혼이라 한들 오뉴월의 몬순 시즌에 몰아치는 거센 사막바람이 이들을 잠시 바닷가나 도시 인근으로 몰아내버린다. 이들이 픽업을 타고 도로에 보이기 시작하면, 사막에 바람이 사그라들고 곧 아침 저녁으로 선선한 바람이 불어오는 계절이 온다는 신호이다. 올해도 여지없이 마주치는 그들은 계절의 전령사인 동시에 콧구멍으로 모래바람이 밀이쳐오는 계절이 가고 있음을 알리는 구세주.

발자만(Barzaman)을 지나치면 지금부터는 인적이 드문 황량한 사막이 펼쳐진다. 낙타를 대신하는 차량들로 인해 어디서나 차량 타이어를 수리하는 작은 가게들. 이제는 너무나 익숙해진 풍경이다.

역경에 도태되지 않은 나무들은 혹시라도 비가 오는 날에는 푸른 잎을 간절히 내밀며 살아 있음을 증거한다.

마탐(Matam) 곁을 지나다 보면 3년째 별로 키도 자라지 않고 타조 모양으로 서 있는 나무 한 그루가 있
는데, 나에게는 사막 초입을 알리는 정겨운 이정표이다. 사막에서는 가끔씩 탄성을 자아내게 하는 기괴
한 모양의 나무들을 발견할 수 있다. 거친 기후가 만들어낸 질곡을 온몸으로 견뎌온 흔적이다.

마탐은 도로 양쪽으로 낙타를 키우는 목장이 있는 마을이다. 급하게 길을 서두르지 말고 잠시만 인내심을 가지고 이곳을 돌아다니다 보면, 드물게 흰색 낙타를 볼 수도 있고, 정말 횡재한 날에는 식용 낙타와는 달리 등에 파란 천을 뒤집어쓰고 열심히 운동을 하고 있는 한 무리의 경주용 낙타도 볼 수 있다.

시라이카(shiraykhah)에 이르기 전까지의 황무지를 가르는 길은 아지랑이와 이젠 인적이 끊긴 폐가옥들이 전부다. 한 가지 위로를 삼을 수 있는 것은 차량의 능력이 허락하는 한 얼마든지 과속이 가능하다는 것이다. 인적이 드문 직선 도로가 많아서 광고에서나 봄 직한, 양쪽으로 모래바람을 일으키며 무한질주를 하기에는 딱 맞춤형 도로다.

cm
100
80
60
40
20

비록 인적은 없지만 이 메마른 황무지에도 천금 같은 우기철이면 물이 흘러 넘치는 와디가 존재한다. 와디에 휩쓸릴 우려가 있는 곳에는 수위를 표시하는 경고 막대들이 꼭 설치되어 있다. 대략 40cm 정도의 수위에는 승용차의 진입이 금지되므로, 흰색이 보이지 않고 막대의 빨간색 부분만 보인다면 차를 돌리는 것이 자연이 주는 점잖은 경고이다. 이 경고를 무시하여 해마다 비가 내리는 지역에서 계속 사고 소식이 들리는 걸 보면, 자연은 따라오지 않는 자에게 얼마나 냉정한지 다시금 깨닫게 된다.

사막의 현대판 오아시스인 주유소가 보이면 시라이카(shiraykhah)에 도착한 것이다. 사막에서 물과 그늘을 제공하는 오아시스는 영화나 광고에만 존재하는 아득한 일이 되어버렸다. 오아시스는 마을을 잉태하여 도시가 되어버렸고, 오아시스가 있어야 할 곳에는 낙타의 땀방울 대신 기름을 판매하고 물을 사먹는 작은 마트가 존재할 뿐이다. 지금 다시 알리바바와 40인의 도적을 사막에서 찾는다면, 우리는 참께 대신 리모컨 키를 들고 동굴을 열어야 할 것이다. 기름으로 흥한 나라에서 더 이상은 전설과 신화를 차마 꿈 꿀 수 없음이 못내 섭섭하게 느껴진다.

주유소 인근 마을에서 학교를 마치고 돌아가는 아이들이 픽업을 타고 있다. 스쿨버스가 없을 만한 곳이니, 저 모래바람 속에서도 픽업 뒤 짐칸을 낙타의 등처럼 여기고 탈 수밖에. 중동에서도 자원 빈국에 속하는 오만, 희망은 아이들이고 교육은 그들의 미래이다.

웬만한 시골이라도 조금만 사람이 꼬이면 생기는 가게가 두 개 있으니, 이발소(Barber Shop)와 세탁소다. 남성용 디시다샤(오만 식 일상 복장)를 모래바람 속에서도 빨아서 말리는 모습이 너무 익숙하여 이제 더 이상 흥미를 느끼지는 못한다.

역시나 주유소 한 켠에 마련된 소박한 모스크와 화장실. 이들의 기도는 화장실만큼이나 당연한 생활이며 정신이다.

주유소를 벗어나면 다시 허허벌판에 모래바람이 모진 주인 행세를 하기 시작한다. 이 길을 너무 달려서인지 지금 나의 산타페 앞쪽 범퍼에는 모래가 할퀴어버린 떨어진 페인트 자국이 선명하다. 이곳에서 생활하는 베두인들의 차량은 대부분 앞쪽에만 두텁게 페인트를 다시 한 번 바르기 때문에, 어디서나 촌사람의 차량을 쉽게 구분하는 힌트가 된다.

차창 밖에서 열심히 풀을 찾는 낙타들이 많이 지나간다. 기억조차 가물가물한 비가 왔었던 기억을 떠올리며, 내일은 낙타에게 오늘보다 더 치열한 하루가 될 것이다. 사막에서는 배가 고파서 먹지 않는다, 살기 위해서 먹는다.

끝도 없이 이어지는 똑같은 풍경 속을 지나치며 오로지 발전기에 의
존하여 신호를 주고받는 송수신 철탑이 제법 긴 거리를 달려왔음을 가
늠할 수 있게 해준다. 사막은 단절이지만, 오히려 산이 없는 사막은 전
파의 좋은 통로가 된다. 공평하다.

마후드(Mahut)가 가까워지는 모양이다. 낙타들이 점점 자주 보이기
시작하고, 본디 제 땅이었다고 유세하며 차량의 진행에 신경 쓰지 않는
배짱 좋은 놈들이 많아진다. 속도를 줄여야 한다. 한낮에 낙타를 차로
치면 차량 과실이 더 크다. 경찰서 신세를 면하기 위해 급히 브레이크를
밟는 수밖에.

낙타는 발자국을 남기고 경계는 표시하지 않으며, 인간은 발자국은
남기지 않고 금부터 긋든다. 인간은 맘대로 금을 긋고 자기 땅이라 우기
는 유일한 동물이다. 비 갠 후 며칠 지난 어느 날 지나쳤던 초원에서 만

104

난 수없이 많은 낙타들 무리를 기억한다. 그 많던 낙타들은 다 어디로 갔을까.

죽은 듯 메말라 비틀어진 땅 위로 비가 내린 후 1주일 뒤, 사막은 경이로운 생명력으로 우리에게 인내하라는 가르침을 준다.

마후드를 직전에 두고 깔끔하게 낙타가 재단해버린 나무들이 눈에 서서히 들어오기 시작한다. 딱 낙타의 키만큼만 잎을 모두 빼앗겨버리고 서 있는 나무들. 낙타 주의 표지판보다 더 확실한 낙타 주의 표지다. 자연은 인간이 만든 경고보다 더 예술적이고 아름다운 경고를 제공한다.

마후드 주유소 맞은편 야외 어시장에서는 제법 사람만 한 고기들을 쉽게 찾을 수 있다. 중부 지역에서
이 정도의 고기가 올라온다면, 남쪽 소말리아 인근에서는 얼마나 더 큰 고기들을 낚을 수 있을지 기대
가 된다. 위험을 무릅쓰고 소말리아에서 고기를 잡는 사람들이 많다. 욕심은 종종 사람을 눈멀게 한다.

　마시라 아일랜드와 두큼의 갈림길에 위치한 주유소 앞 식당에 도착한
다. 시나우에서 점심 식사를 놓쳤다면 여기서 식사를 해야 한다. 이 식
당은 지금껏 먹어본 캡사(볶음밥에 튀긴 닭고기를 얹은 가장 대중적인
음식) 중에서 가장 맛없는 곳으로 기억된다. 허기가 밥맛을 대신한다.

한국산 차량의 홍보 간판마저 없었다면 인연을 맺기 싫은 곳이다. 캅사는 손으로 먹기 때문에 손을 씻고 난 후 닦을 휴지가 항상 준비되어 있는데, 화선지처럼 얇은, 그러나 다소 매끈하고 파닥한 종이를 쌓아두고 사용한다.

휴지라고 하기엔 좀 거시기한 휴지

오늘도 바람이 몹시 심한 날, 주유소에서 일하는 직원은 낙타의 긴 눈썹과 밟 속에서 닫을 수 있는 코가 없기에 안경과 마스크로 감히 모래바람을 대적하며 나름의 삶의 방식을 터득해간다. 절대 노상 강도나 테러리스트가 아니다.

마후드를 지나 시탈(Shital)로 가는 길에 갑자기 길로 뛰어든 낙타들. 나도 놀라고 저들도 놀라고, 서로 반대 방향으로 급히 내달린다. 준비되지 않은 조우에 나는 자연과 다시 멀어진다. 자연을 벗하기 위해서 우리는 준비가 필요하다. 자연이 놀라지 않도록.

나보다 더 바삐 국방의 임무를 다하기 위해 앞서 추월하는 군대 차량들을 만나다. 매년 연말이 가까워지면 국왕의 로얄 투어(Royal Tour)가 시작되기 때문에 여기저기서 자주 이동하는 군인들을 목격할 수 있다. 왕정 국가이지만 오만의 술탄(Sultan)은 그래도 연말이면 국내 곳곳을 돌아다니며 국민의 목소리를 청취하는 자애로움을 발휘한다. 작년에는 투어 일정에 두큼이 들어 있어서, 두큼까지 가는 동안 차량 검문만 5번 받은 기억이 난다. 어디를 가나 고위층이 움직이면 아래 사람들이 바빠진다.

아직도 한 시간을 더 가야 하는 길. 두큼은 요원하고 끝없이 이어진 도로만이 이곳에도 아직 인적이 있음을 알려준다.

길가에서 염소가 뜯어먹고 있는 나무를 들여다본다. 다 먹히지 않으려고 장미보다 촘촘한 가시로 무장을 했는데 어쩌랴, 먹고 살자고 덤비는 놈은 가시도 막을 수 없음을.

이곳을 지나칠 때면 항상 길가에 대기 중인 불도저. 공사용이 아니라 아침마다 밤사이에 바람에 날려 묻혀버린 도로 위의 모래를 치우는 용도로 쓰인다. 바람이 심한 날엔 하루 종일 자연과 불도저가 힘겨루기를 하곤 한다.

POLICE الشرطة
خفف السرعة
SLOW DOWN

평소에는 잘 보이지도 않는 경찰이 도로에 모래만 쌓였다 하면 어디선가 나타나 경고 표지판을 내걸어두고 사라진다. 저 멀리 반 이상이 모래로 덮여버린 도로가 아득히 보이기 시작한다. 평소에는 보이지 않고 꼭 필요한 곳에는 알게 모르게 나타나 제 임무를 다해놓고 떠나는 것이 진정한 공무원의 도리임을 우리는 잘 알고 있다. 하지만 돈이 보이는 곳에만 나타나는 공무원도 있다.

라키이시(Rakhyis)에 도착했다. 별도의 급수 시설이 없는 이 작은 마을 앞에는 시간이 되면 대형 급수차가 나타나, 동네에서 물을 받으러 나온 작은 차들에게 물을 퍼주는 모습이 자주 보인다. 이 움직이는 현대판 오아시스가 질기고 가늘게 이 오지에서 생명을 자라게 한다. 조금만 더 졸린 눈을 비비고 다시 엑셀을 밟는다. 곧 두큼이다.

시탈(Shital) 주유소에서 만난 외국인 트래커들. 오만의 내륙 횡단도로 31번을 이용하지 않고 동쪽 해변을 따라 난 32번 국도를 이용하여 오만 일주를 하는 외국인들이다. 같은 길을 오가지만, 누군가에게는 치열한 생활을 위한 길이고, 또 다른 이들에겐 스릴과 여유를 주는 휴식의 길이다.

두큼 입구를 알려주는 표지판이 작년 사이클론(Cyclone)의 피해로 망가진 지 일년이다 되어가도록 그대로 있다. 무관심일까, 느긋함일까.

오만의 소외된 허리
알 우스타(Al-Wusta) 지역

오만 스펀지 :

현지인도 인정하는

오만의 소외된 작은 마을

두큼에는

한국인이 만들어놓은

기적의 조선소가 있다.

알 우스타(Al-Wusta) 지역은 오만 국토의 허리를 담당하는 중앙 지대이면서도 인구가 밀집된 변변한 도시 하나 없는 소외된 지역이다. 초기 술탄이 집권하기 시작했을 무렵 이곳엔 정부에 반기를 든 세력이 있어서 내부 분쟁으로 많은 사람들이 죽어 나갔다. 그래서 지금도 중앙정부에서 이곳의 목소리에 많은 귀를 기울이고 있다고들 한다. 40년째 집권을 이어오고 있는 현재의 술탄이 이곳에 두큼 개발 계획이라는 장기적인 대역사를 시작하면서 한국과 깊은 인연을 맺게 되어 오늘의 나를 오만에 오게 만들기도 했다.

두큼 시내와 조선소 사이에 제법 넓은 면적의 융기한 기암괴석들이 모여 있는 곳이 있다. 일명 바위정원(Rock Garden)이다.

지각의 융기로 탄생한 오만의 잘 알려지지 않은 또 다른 명소

전체 분포 면적이 3000평방미터에 이르는 광대한 지역에 4600만 년 전 지하에서 융기하여 그 숱한 세월 동안 비바람 같은 자연의 풍파 속에서 깎이고 다듬어져 현재의 모습을 유지하고 있다고 한다. 지금도 지표에 노출되어 있는 화석으로 미루어 초기에는 바닷속에 있었던 땅임을 알 수 있다.

사진상으로 보기에는 이상한 형상을 한 작은 돌로 보이지만, 실제 크기는 어른의 키를 넘는 대부분 커다란 암석이다. 몇 번을 다시 찾아 돌아본 적이 있으나 아직도 전체를 다 둘러보지는 못했다.

향후 오만 정부에서도 이곳 두큼 지역이 개발되더라도 이 구역을 보존 구역으로 지정하여 관광 단지화할 계획이 있는 것으로 알고 있다.

그저 돌과 함께 단 몇 시간이라도 4600만 년 전을 거슬러 즐기고 싶다면 이곳을 꼭 거쳐야 할 것이다. 실제로 두큼에 근무하거나 살고 있는 많은 사람들이 의외로 이곳에 발을 들여놓은 적이 없음을 알고 다소 놀라웠다. 항상 그러하듯 주변에 있는 것은 소홀히 보고 멀리 있는 것을 갈망하는 사람의 습성은 이곳에서도 똑같은가 보다.

술 소동

어느 날 점심 식사를 마치고 노곤하게 낮잠을 자는데 걸려온 한 통의 전화. 이XX 사장님이다. 숙소가 모자라서 현장에는 다음 주에 내려오라고 했는데 혼자 오다가 길을 잃었다고 난리다. 그러게 왜 시키지도 않은 일을 하실까. 다시 전화를 끊고 좀 쉬고 있으려니 또 전화가 온다. 경찰서란다. 엥, 웬 경찰서? 차에 술을 싣고 오다가 검문에 걸렸단다. 가뜩이나 연말에 국왕의 로열 투어(Royal Tour) 때문에 두큼으로 오는 길에 임시 검문소가 세 군데나 생겼는데, 차에 술을 싣고 오다가 딱 걸리고 만 것이다.

주류 구입 면허증(Liquor Permit)도 없을 텐데…. 그게 화근이었다. 면허증 없이 술을 운반하다가 걸리면 어떻게 되는지 옆에 있는 오만 인에게 물으니 그냥 감방에 며칠 있어야 할 거란다. 이리저리 수소문해서 인근 동네 경찰서에 아는 사람 끈을 대고 얼러서 계속 선처를 호소해본다. 아직 아무 소식이 없다. 두 시간 남짓 후 그제서야 경찰서에서 풀어준단다. 술은 압수되고 본인만 풀려나는 모양이다. 본인도 미안한지 목소리가 팍 죽었다.

그런데 그게 끝이 아니었다. 다음 날 점심 때, 경찰서에서 다시 호출이 왔다. 왜 술 안 찾아가냐고, 빨리 치우라고. 그것도 꼭 면허증(Permit) 있는 사람이 와서 가져가란다.

에구구, 여기 면허(Permit) 있는 사람이 누구더라. 아뿔싸, 나밖에 없구나.

하늘이 노래진다. 거기가 어딘데, 꼬박 두 시간 거리를…. 동료 두 명과 길을 나선다, 씩씩거리며….

두 시간 만에 도착한 경찰서에서는 영어는 한 마디도 못 하는 경찰관과 손짓발짓 다하다가 다시 전화로 칼리드(Khalid)에게 통역을 시킨다. 술 구입한 영수증을 또 가져오란다. 아니 술 사고 나면 땡이지, 어디서 영수증을 가져오라고? 있어도 왕복 열 시간 걸리는 무스캇에 있겠지.

예전에 고위 공직자였던 다른 동료에게 전화를 걸어 선처를 부탁한다. 무슨 소리를 들었는지 경찰이 신분증을 복사하고 면허증(Permit) 사본에 서명만 한 후 가져가란다. 아이고, 지금 다시 돌아가면 저녁 시간은 놓치겠네, 에고고.

다시 두 시간을 달려 그 사연 많은 술을 가지고 캠프에 도착한다. 저기 어두운 곳에서 이사장이 갑자기 나를 반긴다.

"미안해유~~~~~!"

더 이상 화낼 수도 없이, 그렇게 이상한 나라의 술 배달 작전이 끝을 맺었다.

대부분의 이슬람 국가가 그러하듯 공공장소에서는 음주가 금지된다. 집에서 혼자 먹다가 죽든지 말든지는 상관없다. 술은 정해진 가게에서만 면허증으로 구매가 가능하며, 구매만 할 뿐 마시는 곳은 아니다. 술은 경찰서에 돈을 내고 면허증을 발급 받은 사람만 살 수 있다. 비자가 없는 현지 오만 인은 허가증을 발급 받을 수 없다. 그래서 술이 필요한 현지인이 오히려 외국인에게 술을 사달라고 부탁하는 진풍경이 자주 일어난다.

　아직 상수도 시설이 갖추어지지 않은 곳이 많은 두큼에서 단연 인기를 끄는 것은 급수 차량이다. 개발 붐을 타고 곳곳에 세워진 임시 혹은 급조된 건물에는 곳곳에 생명의 물통이 즐비하다. 개발이 의미하는 것이 사람들이 몰려든다는 의미만은 아닌 듯 낙타와 개, 그리고 모기들이 꼬이기 시작한다.

사람이 꼬이고 쓰레기가 꼬이고, 동네에는 그 쓰레기를 주식으로 해서 살아가는 낙타가 모여든다. 사람이 만들어낸 아, 이 씁쓸한 장면이여. 도시 주변에서 마실 물과 음식을 구할 수 있으니 이를 탐하는 동물의 본성을 누가 탓하리.

살아가면서 항상 귀중하게 여겨지는 물, 특히나 사막에서라면 그 얼마나 소중한 것일까마는, 때론 이 물이 지겨울 때가 있다. 여름이 시작되려던 어느 무더운 날, 아침부터 심상치 않게 바다에서부터 불어오던 습기 찬 냄새가 어느새 하늘에 먹구름을 몰고 오고, 아무도 기대하지 않았던 폭우가 오후에 잠시 쏟아졌다. 물론 한국의 기준으로는 잠시 소나기가 쓸고 지나간 것이지만, 사막의 기준으로는 폭우가 분명 맞다.

오전까지만 해도 먼지가 폴폴 날리던 회사 앞 도로는 순식간에 흘러내리는 물에 묻혀 깊이를 가늠할 수 없는 진흙탕의 호수를 곳곳에 만들어버렸다.

저녁 퇴근길 곳곳에서 차량이 침수되고 몇 명은 차를 버리고 숙소로 돌아오기도 한다. 또 근근이 지나가는 버스의 도움으로 기숙사로 돌아온 이들도 많이 보였다.

의외로 지표면 아래에 단단한 암석이 많은 이곳에선 내린 비가 땅속으로 스며들기도 전에 흘러내리기 때문에, 비가 오는 시간대에는 움직이지 않고 서 있는 것이 상책이다. 그런데 이곳에 온 지 1년이 채 되지 않은 많은 동료들이 물길을 만만하게 보고 넘어가려다 모두 혼쭐이 난 것 같다.

무스캇에 집을 얻고 나서 며칠 후 비가 오던 날. 창문마다 물이 줄줄 흘러 들어 주인에게 항의했더니, 여긴 다 그렇다며 웃던 기억이 난다. 1년에 한두 번 올까 말까 하는 비를 대비하여 창문에 방수처리까지 꼼꼼히 하는 주인은 없다는 뜻이리라. 하지만 사무실 천장에 매달린 전등에서 물이 줄줄 흘러나오는 것을 보고는 웬만큼 오만에 적응되었다고 믿었던 나 자신조차도 할 말을 잃는다.

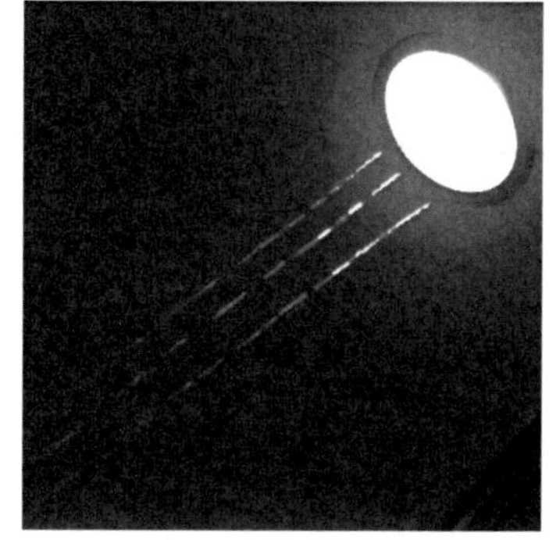

먼지를 모두 훔쳐간 장대비는 그래도 정문 앞에 아름다운 한 폭의 풍경을 선사한다.

두큼 수리 조선소(Oman Drydock Company). 멀리 사막을 가로질러 보이는 사막의 기적 하나. 한국 토박이였던 나를 이곳까지 오게 했던 조선소가 2011년 4월에 수리 사업을 시작했다.

2008년 이전, 두큼 해변의 한적한 풍경 아래 터 파기 공사를 시작했다.

드라이 독(Dry Dock)을 만드는 물 막이 공사를 한 것이 엊그제 같은데.

각종 시설물이 마무리되어 수리 조선 사업을 하기에 이르렀다.

10여 개 국 이상의 다양한 국적을 가진 사람들이 모여들었다.

여름 한낮이면 50도를 오르내리는 사막 한가운데서 열심히 용접 작업을 하는 근로자. 멀지도 않은 20여년 전, 우리들의 아버지와 형님들이 중동에 진출하여 오늘날의 우리 세대를 먹여 살리려 발버둥치던 때가 있었다. 이 사람 또한 고국에 두고온 사랑하는 가족들을 위하여 한낮의 더위 속에서도 이 모진 환경을 잊어버리려 애쓰고 있을 것이다.

사람은 좋지만 기술이 딸리는 현지인들과 함께 뭉쳐 조선소 운영을 준비했던 초기의 동료들. 이들이 다음 세대 오만의 조선 산업을 이끌어갈 주역들이 될 것이다.

회사에 입사하기 위해 사무실을 찾은 두큼 현지 베두인들. 낙타를 키우며 사막에서 살던 이들을 이제는 선진 조선소를 경영하는 인재로 키워야 하는 큰 숙제를 안고 있다.

두큼 개발이 사막의 낙타들을 도시로 끌어들였듯이, 물이 빠진 드라이 독(Dry Dock)은 갈매기들의 훌륭한 먹이터이자 놀이터가 되었다.

조선소를 운영하고 나서 처음으로 본관 앞에 태극기를 직접 게양하던 날. 정치와 국회의원을 멸시하는 나이지만 외국생활 3년은 모든 사람을 애국자로 만들기에 부족함이 없는 시간이다.

캠프 생활

　대부분의 중동 건설현장이 그러하듯, 대형 건설공사가 진행되는 곳은 특히 외진 곳이 많다. 따라서 모든 공사의 시작은 현지 숙소용 캠프를 만드는 것으로 시작된다.

가뜩이나 외진 곳에서 생활하다 보면 고국에서 가져온 채소를 직접 가꾸며 시간을 보내거나 지나가는 떠돌이 강아지를 주워서 키우는 사람들이 있다. 다만 기후가 그래서인지 채소의 성장이 한국과 달라서 직접 거두어들여 먹은 기억은 없지만, 이런 파란 채소나 개를 쳐다보는 것만으로도 위안이 된다고 한다. 외로움을 이겨내는 팁이다.

어느 주말 한가로운 오후를 맞아 캠프 뒤에 위치한 산등성이를 오르다 돌아다 본 캠프 전경. 넓은 사막을 앞마당 삼고 뒷산을 벽으로 삼은 나름의 명당 자리가 아니던가.

캠프 뒤쪽에 위치한 이 작은 산은 높이는 100여m에 불과하지만, 이 또한 바위정원(Rock Garden)처럼 바닷속에서 융기한 곳이라 산중턱에서 많은 조개 화석이 나는 산이다. 한때 아침마다 산을 오르내리다 화석이 나는 곳을 우연히 발견하여 매일매일 한두 개씩 주워오는 재미가 있었는데, 그 수가 200여 개에 다다라 더 이상 방에 놓을 곳이 없어 줍기를 포기했었다. 그런데 새로 오신 분들이 어찌나 그 자리를 알려달라고 성화를 부리는지 한참 고민하다가 알려준 기억이 있다.

　사막의 가파른 산은 물도 부족하지만 강렬한 햇볕과 매서운 바람 탓에 그렇게 호락호락 식물의 존재 자체를 허락하지 않는다. 하지만 나름대로 생긴 대로 이곳에 적응하여 자라는 선인장처럼 종국에는 꽃까지 피워내는 엄청난 고집스러움을 보여주는 식물들도 많다. 그저 지나쳐버리기 쉽고 때론 무심결에 발에 밟혀버리는 나약한 존재로 보이지만, 가만히 눈을 마주하고 쳐다보고 있노라면 나름대로 꾸준한 진화의 과정을 넘고 넘어 그 자리에 꼭 있어야 할 것처럼 적응해 있는 모습이 정말 경이롭다. 띄엄띄엄 눈에 뜨이는 모든 식물들이 모두 보석처럼 아름다워 보이게 만드는 사막이다.

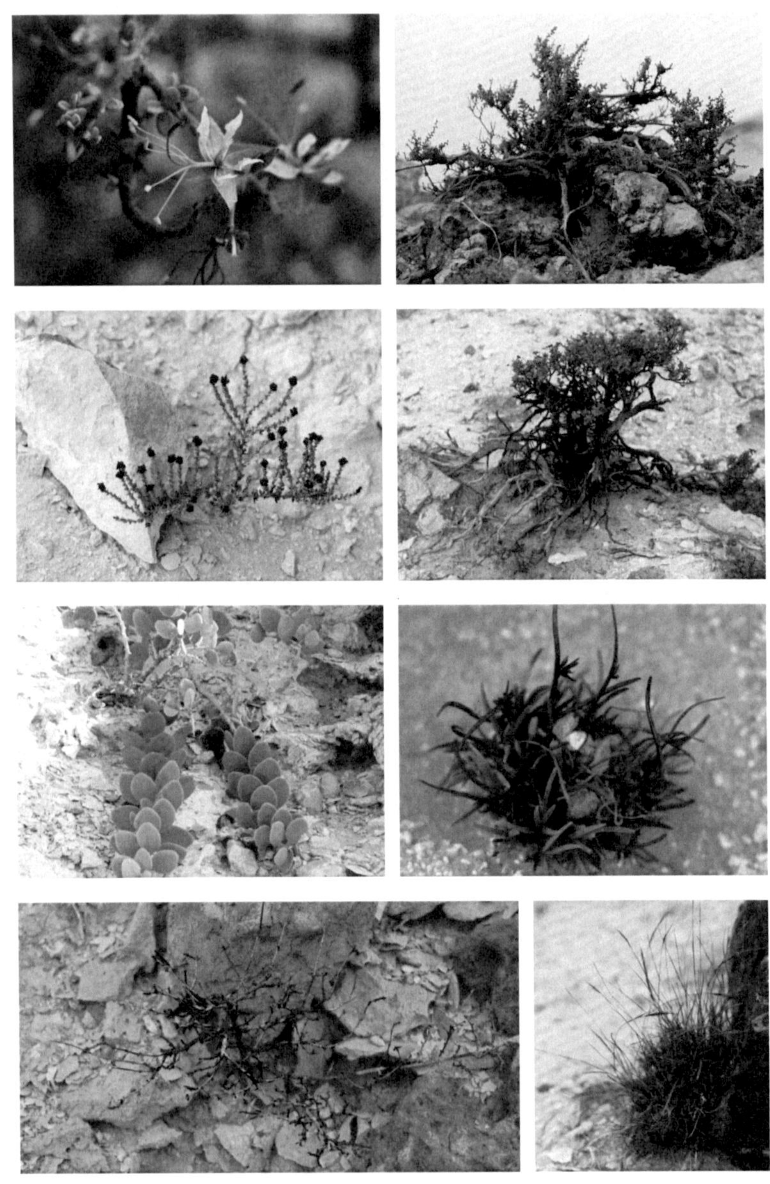

내려오는 길에 느닷없이 나를 놀라게 한 점잖은 아저씨 바위

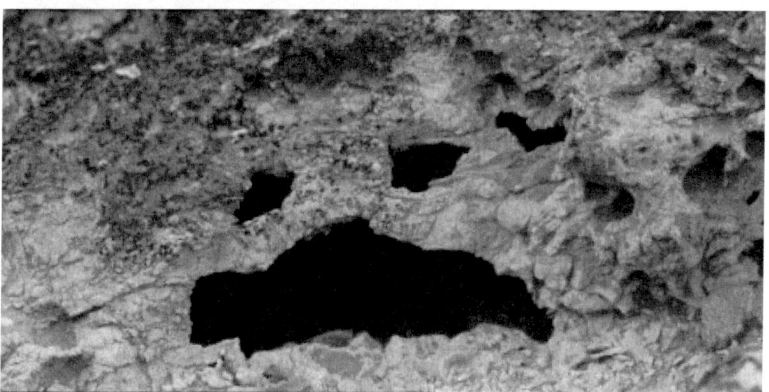

이방인의 출현을 반기지 않으려 자연이 선사한 도깨비 얼굴

산의 뒤쪽은 깎아지른 듯한 절벽이다. 어느 주말 새벽에 낚시터를 찾아 무거운 쿨러를 메고 이곳까지 갔다가, 내려가는 길을 도저히 찾을 수 없어 솟아오른 해를 머리로 받쳐들고 돌아오던 때의 그 황망함 이라니…

캠프 앞에 지어진 임시 모스크. 대체 얼마나 많은 다른 형태로 곳곳에 존재하는지 그 수를 셀 수가 없을 정도이다. 터키 같은 곳에서는 동네마다 제법 모습을 갖추고 첨탑도 있는 단정한 모스크를 본 기억이 있는데, 오만의 모스크는 외진 마을과 주유소 곁에 모두 제 각각의 소박한 생김새로 구석구석 존재하는 것 같다. 믿음의 힘은 형식을 따지지 않는다. 크고 웅장한 것을 좇는 한국의 교회들이 본받아야 할 점이다.

2011년 초 캠프에서 7km 떨어진 곳에 지어진 회사 기숙사 단지. 역시나 사막을 마당으로 두고 언덕을 뒤로 하는 명당 자리(?)

기숙사가 완공된 뒤에도 도로가 개설되지 않아 비포장 길을 달렸던 나의 자가용은 채 석 달이 못 되어 하부가 30년은 돼 보이는 먼지와 녹으로 도배를 하고 말았다.

기숙사에 처음으로 입주를 시작하던 날. 외국에서 막 건너온 작업자들이 좋아하던 모습이 선명하다. 그래도 이곳의 시설이 오만에서 알아주는 현대적인 기숙사이기 때문이기도 하지만, 이들 덕에 밤잠을 설치며 입주를 준비했던 지난 몇 달간의 노력을 깔끔하게 인정받게 해주었다. 이들에게 방을 배정해주는 오만 인 동료 살렘 알주나비(Saleem Al-Junabi)는 시키는 일만 하는 곰탱이다, 크크크….

기숙사 단지에 건축 중인 모스크와 내부 전경

기숙사 공사는 1년여를 끌다가 마무리되었다. 오만에서는 날짜 약속을 받아놓고 기다린다는 것이 얼마나 무의미한 일인지를 깨닫게 해준 사례다. 날짜는 잡을 수 있지만, 그 약속이 이루어지는 것은 신의 뜻이다. 신의 이름 앞에 누가 일정이 지연된다고 함부로 욕을 할 수 있을까? 팍팍하게 일정에 크게 연연하지 않는 생활이 정상인지, 그것을 질책하며 계속 다그치고 싸우는 일이 오히려 정상인지는 살아가면서 계속 생각해보아야 할 숙제로 남는다.

기숙사 마무리 작업이 한창이던 한낮에 작열하는 태양 아래서 점심 시간에 나타날 주인을 기다리는 도시락통이 불쌍하여 한 컷 남긴다.

시설물 점검을 위해 매일 오가는 회사와 기숙사 중간에 허름한 건물이 하나 있다. 생선을 말리는 덕장이다. 몬순 기간이 시작될 무렵인 4월 말경에 일하던 사람들이 모두 떠나버려 켕하던 덕장에 9월 어느 날 사람의 인기척이 있어서 둘러보았다. 덕장에는 깔개를 깔아서 다시 상어를 말리고 천막 아래에서는 상어 해체 작업이 한창이다. 입던 옷으로 볼썽사납게 만든 허수아비를 보니 누군가 들어온 것이 확실하다.

남쪽의 살랄라에서 잡혀온 상어를 지느러미, 꼬리, 가죽 순으로 분리하는 작업이 한창이다. 귀한 상어 지느러미가 여기 모래 바닥에 지천으로 널려 있다. 이번에는 좀더 큰 씨알의 상어들이 들어온 모양이다.

시장에서는 비싸게 대접 받는 상어의 각 부위들이 길가의 돌멩이마냥 흔하게 널브러져 있다.

올 초에는 작은 상어들을 반으로 절개하여 햇볕에 널어 놓았길래 마침 시동이 꺼진 차를 한 번 견인해주고 말린 상어 한 마리를 사무실에 가져와 오만 동료들과 뜯어 먹은 기억이 있다. 아무 양념도 없이 그저 염장된 말린 상어 고기를 질겅질겅 씹어먹는데, 더운 날 소금기를 보충하기에는 딱이다.

짠 맛이 빠질 때가 되면 서서히 입안에서 상어 고기의 고유한 향내가 느껴지기 시작한다. 그래도 다시는 입에 대기 싫은 맛이다. 저 많은 고기들이 다시 사막으로 퍼져나가 태양 아래 지친 수많은 육체들을 위로해줄 것이다.

회사에서 기숙사로 가는 길에 다른 도로공사가 시작되었다. 몇 년을 땡볕 아래서 살아남은 많은 나무들이 개발이라는 폭군 앞에 단 몇 시간 만에 그 뿌리를 하늘로 하고 죽어 나가고 있다. 막을 수 없는 개발이지만, 3년 전 한적했던 풍경이 점점 더 그리워지는 두큼이다.

06

아름다운 해안을 가진
앗 샤키야(As-Sharqiya)

사막과 바다를

한 번에 볼 수 있는

아름다운 해변

그리고

그곳에서 자연에 동화하며

순수하게 살고 있는

아름다운 사람들을

만날 수 있다는 것은

얼마나 축복받은 일인지….

쿠리얏(Quriyat)까지 이어진 무스캇(Muscat)을 벗어나 알 우스타(Al-Wusta)에 이르기 전까지의 아름다운 해변 지역을 가진 아스 샤키야 (As-Sharqiya)는 오만에서 가장 아름다운 해변과 와히바 샌드라는 대표적인 사막 지역을 포함하는 오만의 축소판이다.

아미랏(Amirat)에서 시원스럽게 뻗은 고속 국도를 따라 남쪽으로 40여 분을 달리다 보면, 무스캇 행정구역 상의 마지막 동네인 쿠리얏 (Quriyat)에 다다른다. 이후로는 본격적인 샤르키야(Sharqiya) 지역으로 접어드는 길목이다.

알미스파 댐(Al-Misfah Dam)

　몇 년간의 공사 끝에 저수를 시작한 미스파(Misfah) 댐은 이곳 오만이 중동 지역에서도 그나마 물이 많은 나라임을 실감할 수 있는 장소이다. 산골짜기를 흘러 나오는 얼마 안 되는 물줄기들을 두 개의 골짜기만 막아서 댐으로 만든 아름다운 곳이다.

　쿠리얏(Quriyat)으로 빠지는 길목에서 표지판을 확인하고 산 속으로 계속 들어오면 쉽게 찾을 수 있는 곳에 위치해 있으며, 댐 자체보다는 댐 안에 수몰된 작은 산등성이들과 주변의 험한 산세, 그리고 댐 아래 마을의 야자수 사이를 관통하는 수로가 인상 깊은 좋은 볼거리 중의 하나이다.

나무가 없어 볼품없었던 작은 산등성이도 파란 하늘이 그대로 비치는 물과 만나면 색다른 유혹으로 우리를 감탄시킨다.

　　계속 길을 달려 디밥(Dibab)과 핀스(Fins), 티위(Tiwi) 쪽으로 내려간다. 때론 바닷가를 지나서, 때로는 산을 우회하는 이 거침없는 도로에서는 다양한 굴곡이 주는 스릴과 과속 단속 카메라가 없는 탓에 스피드를 즐기는 많은 차량들을 목격할 수 있는데, 속도에 자신 있고 굴곡 구간에서 안전을 고려한 운전만 한다면 한 번 마음껏 달려봄 직하다. 너무 빨리 달리다 보면 중간에 있는 소소한 아름다움을 놓칠 수 있으므로 가끔씩 속도를 줄이고 주변을 둘러볼 일이다. 아미랏(Amirat)에서 수르(Sur)까지는 주유소가 흔하지 않으므로 주유는 필수!

기억 속에서 절대 잊혀지지 않는 살마 플라튜(Salmah Plateau)로 들어가는 비포장 길이 옆으로 보인다. 오만에 정착하여 무모하게 오지를 돌아다니다가 산 정상에서 차가 굴러 폐차를 했던 곳이다. 당시 쿠란(Quran)에 살던 현지 베두인들의 도움으로 점심도 얻어먹고 상처도 치료했던 아찔한 곳이다. 70도의 경사면을 올라갈 수 있는 사륜구동 차량과 배포만 있다만 도전해보시길. 발 아래 구름을 밝고 서서 깊이를 알 수 없는 마즈리스 알 진(Majlis Al Jinn) 수직 동굴을 구경할 수 있다.

맑은 날에도 정상이 항상 희미해 보이는 쿠란(Quran)으로 가는 길. 오만에서 가장 위험한 길 중의 하나다.

마즈리스 알 진(Majlis Al Jinn)

산이 마음에 들지 않는 이들에게 디빱(Dibbab)에서 칼랏(Qalhat)까지의 해변은 오만에서 가장 아름답고 조용한 해변을 약속한다.

고속도로를 벗어나 일부러 해안가 좁은 도로를 달리다 보면 곳곳에 바다로 난 좁은 비포장 길이 나타나고, 그 길 끝에 아무에게도 방해 받지 않는 작은 해변들이 곳곳에 숨어 있다. 아무 데나 짐을 풀고 가족들과 자연 속에서 하나가 될 수 있는 곳이다. 작살로 고기를 잡겠다는 호기는 부리지 말 것. 고기들이 엄청 똑똑하고 빠르다.

해변의 끈적함을 싫어하는 이들은 인근의 산속으로 들어가 계곡에서 캠핑을 즐길 수도 있다. 단, 파리와 모기의 환대는 미리 대비해야 한다.

바위 아래 시원한 곳에 자리를 깔고.

푸른 물이 뚝뚝 들 것 같은 물속으로.

작은 게들만이 명상을 방해하는 자그마한 해변들

디빱(Dibbab)에서 수르(Sur)로 향하기 전, 시간이 허락한다면 산 쪽의 협곡으로 들어가 와디 수웨이(Wadi Suway)를 찾아가보기를 권한다. 7m짜리 폭포가 흘러내리는 물이 많은 와디에서 수영을 해볼 수 있다.

핀스 나즘 파크(Fins Najm Park, Sinkhole)

핀스(Fins)가 가까워지면 먼 옛날 운석이 떨어져 패인 곳이라는 싱크홀(Sinkhole) 주위로 공원을 만들어 나즘 파크(Najm Park)라고 이름 붙인 곳이다. 바다로 지하에 연결되어 있어서 물이 고여 있지 않아 수질이 괜찮다. 그래서인지 바로 물로 뛰어드는 사람도 많다.

내려가는 길이 가파르지만 한 번쯤은 내려가서 손이라도 담가보시길.

고속도로가 생기면서 주위에 집들이 하나 둘 들어서기 시작한다. 공장에서 찍어낸 듯 똑같은 모양으로 지어지고 있는 집이다. 맨 앞집은 페인트까지 마무리가 되었지만, 맨 뒷집은 이재 막 골조공사가 끝났다.

좀더 여유 있는 감상을 위하여 <u>디빱</u>에서 고속도로를 벗어나 좀더 해안 쪽으로 나 있는 일반 도로로 달릴 것을 추천한다. 차량의 왕래가 드물어 아무 곳에서나 차를 정차하고 찬찬히 바다와 하늘과 대지를 온몸으로 맞이할 수 있는 흔치 않은 기회가 된다.

<u>수르</u>(Sur)가 가까워져 온다. 도로 끝에 톨게이트를 지었다가 다시 허무는 광경이 목격되었다. 원래 민자 고속도로로 통행료를 받기로 했으

나, 우리의 통 큰 술탄께서 공사비를 다 주시고 톨게이트를 없애라고 하셨다는 소문이 있다. 우리나라도 이런 통 큰 대통령이 있었으면 좋겠다.

톨게이트 자체도 아름다운 모습이었는데, 부수고 있으니 조금 아깝다는 생각이 든다.

수르(Sur) 입구에 칼하트 엘엔지(Qalhat LNG) 터미널이 보인다. 우리나라에서 엄청 많은 양을 수입한다는 오만 LNG의 수출항이다.

한국 국적선이 자주 들어오는 곳으로서, 한때 이곳으로 발령 나와 업무를 마치고 복귀한 한국가스공사의 채희 네 가족들이 생각나는 곳이다.

수르는 오만에서 잘 알려진 항구 도시이지만, 지역 내에 거북이로 유명한 라스 알 진즈(Ras Al Jinz)나 와히바(Wahiba) 사막의 캠프들 때문에 그리 관광객들에게 매력적으로 다가오지 않는 곳이다. 그저 잠시 지나치며 바닷가에 세워진 성(fort)을 감상하거나 주변에서 놀다가 숙박을 위해 호텔을 찾는 것 이외에는 우리 가족에게도 별로 환영 받지 못한 곳이므로 지나쳐버린다.

아이자 다리(Ayjah Bridge) 근처에서 풍경이 가장 아름다운 등대.

콰르 그라마(Khawr Grama)

수르 외곽에서 바로 발견하게 되는 콰르 그라마 (Khawr Grama) 해변이다. 초입의 옛날 유적과 함께 동네 뒤쪽에 광활하게 펼쳐진 모래 사장이 아름다운 곳이다. 단, 승용차는 들어가지 말 것. 들어는 가지만 나오지 못할 수 있다.

이곳은 지형이 산세가 완만하고 새로 건설되고 있는 도로가 많은데, 잘못 들어간 산속에서 만난 하트 모양 구멍이 뚫린 바위 하나를 사진에 담았다.

야영지와 숙박 시설이 갖추어져 있는 알하드(Al Hadd) 방향에서 반대쪽으로 가는 길로 접어들어 남쪽으로 향하다 보면, 알진즈(Al Jinz)에 위치한 터틀 센터(Turtle Center) 표지판을 쉽게 찾을 수 있다.

사진 촬영의 아쉬움을 감수하고 사전 예약만 할 수 있다면, 오만에서 꼭 한 번은 들러야 할 곳이다. 특히 자라나는 아이들에게 평생 기억에 남을 광경을 보여줄 수 있다.

어느 이드(Eid, 이슬람 대축제) 휴가 때 가 본 사람들의 추천을 믿고 터틀 비취(Turtle beach)에서 거북이 산란을 구경하기로 마음 먹고 식구들을 독려하여 예약을 했었다.

걸프 만을 접한 많은 해안 중에서 유독 이곳만을 선정하여 관광지 및 거북이 보호 구역으로 설정하는 게 가능한 것은 이곳 해안선을 따라 뻗은 산맥이 도로에서 해안선으로의 차량 진입을 불가능하게 만들기 때문인 듯하다. 실제 인접한 라스 알 하드의 경우, 이미 기존 거주민이 많이 정착하여 번화한 장소이다 보니, 실제로 알을 낳는 거북이를 보기 위해서는 남쪽으로 더 내려와 라스 알 진즈를 방문해야만 한다. 엄격하게 예약제로 운영되고 밤늦게 관찰을 허락하므로 사전에 꼼꼼한 준비가 필요하다. 사진 촬영은 불가. Rasaljinz-turtlereserve.com에서 예약이나 문의를 하면 의외로 친절하게 안내가 온다. 아마 입장료를 현찰로만 지불해야 하기 때문에 다른 곳보다 좀더 적극적인 친절을 기대할 수 있다.

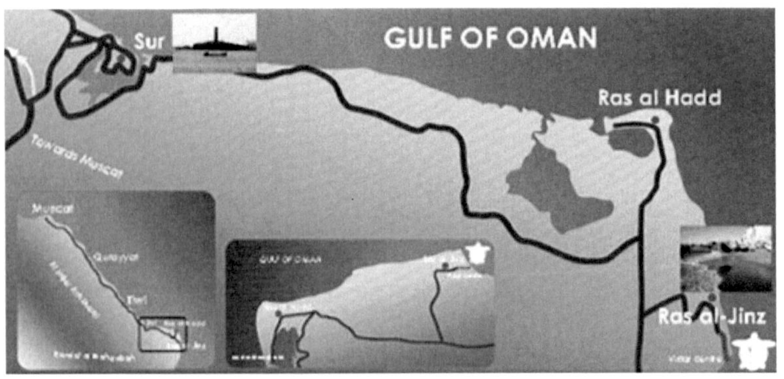

밤 9시가 가까워지자 인솔자의 지시에 따라 열두어 명이 그룹을 이루어 센터에서부터 걸어 들어가기 시작한다. 불빛이 허락되지 않으므로 카메라나 플래시의 휴대가 금지된다. 그러므로 그저 줄을 지어 어둠 속에서 가이드를 꼭 따라가야만 한다. 종종 관광 중에 다른 그룹과 꼬리가 겹쳐서 엉뚱한 그룹을 따라가게도 되지만 별 상관은 없는 듯 보인다.

비록 무사히 해변에 도착한다고 해도 알을 낳고 있는 거북을 찾는 것은 운에 맡겨야 한다. 물론 가이드의 경험과 실력이 발휘되는 순간이다. 우리도 한참을 돌아다니다가 겨우 산란을 시작하는 두어 마리를 볼 수 있었다. 사진을 찍을 수 없으니 모든 것은 상상에 맡긴다. 그 광경을 골똘히 쳐다보는 우리 아이들의 표정은 참 진지했던 것 같다. 돈을 아끼기 위해 1박을 하지 않고 바로 돌아오느라 좀 피곤하긴 했어도, 한 번쯤은 꼭 추천하고픈 좋은 경험이라 할 만하다. 산란 후에 바다로 나가는 새끼 거북이를 보기 위해서는 새벽 시간으로 예약을 잡아야 한다.

서식하는 거북의 종류 : Green Turtle(Chelonia mydas)
인도양을 접한, 유일하게 관광 가능한 거북이 산란지.
1996년 왕명에 의해 설립됨.
관람 시작 시간 : 밤 9시, 새벽 4시 중에 택일.
도착지 : Ras al-Jinz Scientific and Visitors centre

요금은 3리얄 이하로 저렴한 편이다.

알진즈(Al-Jinz)를 지나쳤다면 내친 김에 내륙으로 돌아가지 말고, 라스알카빠(Ras Al-Khabbah)를 시작으로 알아슈카라(Al-Ashkharah)를 경유하여 와히바(Wahiba) 사막을 종단하는 여정에 도전해보자.

와히바 직전의 쿠룬(Qurun)에 이르는 길은 한 쪽은 바다가, 한 쪽은 작은 마을들이 끝없이 이어지는 단조로운 길이지만, 알루웨이스(Ar Ruways)에 이르기 직전에 깎아지른 듯한 절벽에 차를 주차하고 바다 쪽을 내려다보면 아찔한 현기증도 느낄 수 있다. 간간이 동네 어귀 식당에서 허기를 달래며 드라이브를 즐겨보기를 추천한다. 아실라(Asylah)에서 만나는 R/A에서 우회전하고 35번 국도를 만나면 좌회전하는 것이 와히바로 가는 유일한 유의 사항이다.

알아슈카라(Al-Ashkharah) 초입의 한 식당에서 너무 먹음직스럽게 구워지고 있는 닭들과 함께.

주유소가 흔하지 않은 해변 길을 달리다가 녹이 슬어 방치된 기름 탱크에 눈이 간다. 새로 지어진 건물과 많이 대조된다. 어업 이외에는 별다른 소득이 없는 이곳 해변은 아직은 도시 냄새가 나지 않는 전형적인 어촌의 순수한 모습들을 많이 간직하고 있다. 때때로 만나는 낡은 건물들은 사진의 좋은 소재가 된다.

바람이 거친 곳이라 항상 파도가 심하다.

간간이 사막 중간에 보이는 모스크는 이곳이 사람의 영토임을 알려주는 경고판이 된다.

쿠룬(Qurun)에서 기름을 보충하고 떠나자마자 만나는 사막 직전의 경고판. 사막 횡단도로에 접어든다는 의미이며, 개인의 안전을 개인이 책임져야 한다.

자, 이제부터가 진짜 사막이다.

새로 포장된 도로 옆으로 함께 나 있는 초기 도로건설 당시의 비포장 도로. Off-road를 즐길 줄 아는 사람은 한 번 도전해봄 직하다.

모래언덕 너머로 수시로 바다가 보이는데, 곧이어 고기잡이 배들이 많이 보인다.

사막 한가운데에 어촌이 있는 것으로 보아 제법 고기가 잘 올라오는 곳인 것 같다. 사막, 고기, 바다, 도로, 모두 잘 연관 짓기 힘든 단어들이다.

모래바람을 뚫고 휑하니 나를 추월해 가는 차량 한 대. 기껏 길동무나 하려 했더니 바쁜 모양이다.

한때 비바람을 피해 사람들이 하나 둘 등지고 갔던 사막에, 새로 뚫린 도로는 다시 사람과 차량을 실어 나르고, 이제는 번듯하게 마을들이 하나 둘 모습을 갖추며 들어서기 시작한다. 황량한 사막을 번잡하게 만드는 인간의 끝없는 욕망이 더 이상 사막에서도 새까만 하늘의 하얀 별들을 보기 힘들게 한다.

샨나(Shannah)가 가까워지는 사막 언저리에서 줄지어 나를 반기는 낙타들.

본디 낙타가 다니던 길에 사람이 마음대로 길을 냈는데, 이제 그 길에서 낙타들이 사람들의 눈치를 보며 걸어간다. 세상의 모든 규칙은 항상 모두에게 공평한 것은 아니다.

나의 작은 발자국이 환경 오염에 기여하기를.

2010년 연말에 모처럼 미리(?) 2주 전에 발표된 연말 이드(Eid) 휴가 기간을 놓칠 수 없어서 가족들과 와히바 샌드를 다녀왔다. 주변의 만류에도 불구하고 애써 나의 애마(산타페)를 끌고 길을 나섰는데, 결과적으로는 제법 좋은 경험이었고 가족들과의 거리감을 줄여주는 좋은 기회였던 것 같다. 계속 아이들과 주말에만 만나다가 오랜만에 1주일을 함께 보내게 되었다.

그저 아이들은 모래만 있어도 잘 논다. 애들이란…. 놀 줄 모르는 어른들이 문제다.

군데군데 나무와 조화를 이룬 아늑한 캠프가 마음에 든다.

어른들이 좋아하는 먹는 시간이다. 애들도 불장난이 재미있는지 힘든 줄 모르고 마른나무 가지들을 부지런히 모아 오고.

낙타 타기 체험을 하는 곳이다. 낙타의 표정이 영 떨떠름한데, 주인마저도 낙타의 표정을 닮아간다.

마후드(Mahoot)

알우스타(Al-Wusta) 지역에 속하는 마후트를 경계로 <u>샤르키야</u>(Sharqiyah) 지역이 끝났다.

마후드의 학교 외곽 벽면에 아이들이 그려놓은 이상적인 동네의 모습. 물이 고여 있는 오아시스와 바다를 끼고 성(fort)가 있는 정겨운 동네. 아이들의 눈에 비친 모습이 꾸밈없이 그려져 있다.

마시라(Masirah) 섬 방문

오만 최대의 섬 마시라(Masirah Island)는 <u>샤르키야</u>(Sharqiya) 지역에 속하지만 지리적으로 우스타(Wusta) 지역과 가깝다. 그 때문에 이름은 유명하지만 의외로 직접 이 섬을 방문한 경험자는 그리 많지 않다.

조선소에서 초기부터 나와 함께 근무를 시작했던 칼리드(Khalid Al-Junaibi)의 초청으로 라마단 이후 마침 이드(Eid) 휴가 중에 큰 결심을 하고 가족들과 마시라 섬을 방문하기로 했다. 일찌감치 이른 아침을 먹고 출발했으나 500km 이상을 달려야 도착하는 곳이다 보니, 한적한 어느 길가에서 식구들과 잠시 차를 세우고 가볍게 점심을 때우고는 섬 맞은편 선착장 산나(Shanha) 항구에 도착했다. 그나마 간조가 심한 경우에는 배가 와도 탈 수가 없다니, 첫 방문이지만 우리는 운이 좋은 편이 아니었나 싶기도 하다.

이드 휴가 중이라 그런지 다섯 대의 카페리가 쉴 새 없이 운행 중이었다. 하지만 몰려드는 외국인과 내국인들로 인해 몇 척을 놓친 끝에 가

까스로 배에 오른다. 기다리다가 지친 사람들 중에는 차를 포기하고 간간이 보이는 쪽배에 몸만 맡기고 섬으로 들어가는 사람도 있다고 한다.

따로 줄을 서는 곳도 없고 용케 배를 댈 곳을 예상하여 먼저 달려간 차들이 몰려드는 통에 이 작은 선착장은 전쟁터를 방불케 한다. 그래도 별 불평 없이 그저 배를 기다리는 대부분의 사람들을 보며 다시 한 번 조급함에 너무 길들여진 우리의 심성을 탓할 밖에….

약속한 시간보다 다소 늦게 도착한 우리를 칼리드는 식구들이 기다리고 있는 바닷가 가족 휴양소로 데려간다. 주변에 대추야자로 지은 다른 천막들이 많은 것으로 미루어, 주거를 위한 집과 가족의 휴식을 위한 이런 천막이 아마 집집마다 있는 것으로 보인다. 촌놈으로만 알고 있었는데, 한적한 바닷가에 별도의 땅을 얻어 가족이 밤에 머물며 놀 수 있게 해놓은 걸 보면, 별 볼일 없어 보이던 칼리드도 고향에서는 한 가닥 하는 집안인 듯하다.

이드를 맞이하여 마침 육지로 나갔던 아들도 돌아와 모처럼 식구들이 모이는 자리에 불청객이 아닐까 내심 걱정했었다. 그런데 의외로 가족들이 너무 반가워하는 바람에 우리도 쉽게 함께 어울려 이런 저런 이야기에 밤새는 줄도 모르고 즐겁게 지낼 수 있었다. 그때의 인연으로 우리 아들과 딸은 오만을 떠나기 전에 칼리드 네 가족을 한 번 더 보지 못한 것을 못내 섭섭해 했다.

관광지로 알려진 섬이라 세 개의 작은 호텔이 있다고 알고 왔지만, 역시 휴가 기간인지라 빈방을 구할 수가 없다. 칼리드는 예전에 미국의 공군 부대가 주둔하여 사용하던 막사 중에 다소 깔끔한 한 곳을 구하여 그곳으로 우리를 안내해주었다. 지금은 대부분의 미군이 철수하고 최소한의 유지 인력만 남아 대부분의 막사가 비어 있는 곳이 많다고 한다. 제대 후 오랜만에 공군 막사에서 하루 밤을 신세지는 호사를 누려본다.

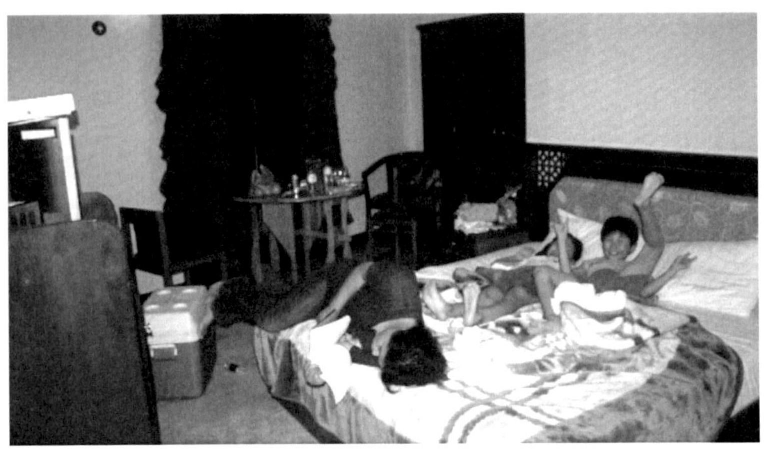

가장으로서 식구들이 잘 방을 구하지 못해 미안해 하고 있는데, 그래도 흔쾌히 방에서 잘 놀아주는 가족들이 고마울 따름이다.

아침이 되었다. 우선은 섬 일주를 하기로 했다. 가족들을 모두 태우고 섬을 한 바퀴 돌아본다. 마침 이곳을 방문하기 전 주에 아내는 도로를 무단 횡단하는 작업자를 피하느라 핸들을 꺾다가 집 인근에 위치한 공군 부대의 담벼락을 뚫고 들어가고 말았다. 그 바람에 나의 애마 산타페는 지금 정비 공장에서 수술 중이다. 도요타의 소형 코롤라를 몰고 섬을 일주하기에는 조금 무리인 듯하였으나, 언제 또 이곳을 다시 찾을지 기약이 없으니 무리를 해서라도 한 번 돌아보기로 했다.

천천히 돌아보니 세 시간은 족히 걸릴 듯한 해안선 곳곳에 아직도 사람의 발길이 느껴지지 않는 조용한 곳이 많은 것을 보고, 이 땅이 그저 이렇게라도 오래 보존되었으면 하는 바람을 가져본다.

이곳은 328종의 새가 관찰된 기록이 남아 있는 새들의 천국이라고들 하는데, 낯선 이방인의 차 소리가 마음에 들지 않았는지 많은 새들을 보는 데는 실패했다.

이곳 어느 한적한 해변에는 옛날에 난파되어 모래 속에 묻힌 채 오랜 세월을 이 섬과 함께한 목선의 흔적이 남아 종종 섬을 소개하는 잡지에 실리기도 한다.

일부분만 보았을 뿐인데도 그 크기가 짐작되는 아주 큰 배의 한 조각이다.

길게 이어지는 해안선에는 아직도 그리 사람의 손이 타지 않은 아름답고 조용한 곳이 많다. 가족들과 한 번쯤은 수영복과 낚시 도구를 챙겨서 다시 와봄 직하다는 생각이 들었었다. 그런데 아직 다시 찾기에는 조선소가 운영을 시작하고부터 마음의 여유가 생기지 않았기 때문인지 번번이 기회를 놓쳐버리고 말았다. 나중에 보자는 약속이 세상에서 가장 어려운 약속이다.

힐프(Hilf) 마을이 멀리 보이는 것으로 봐서 이제 거의 섬을 한 바퀴 다 돌아본 것 같다. 출출하니 다시 칼리드 네를 방문하여 점심을 좀 신세 질 시간인가 보다.

접대에 있어서 만큼은 세상 어느 나라에 뒤지지 않는 오만의 전통 덕에 점심 식사는 갖은 요리와 먹거리들로 준비되어 있었다. 아마도 사막

을 가로질러 집을 방문하고 혹시나 다시 사막을 가로질러가야 하는 손
님에게 그날의 식사는 이 세상에서의 마지막 식사가 될 수도 있기에, 이
렇게 손님에게 가장 좋은 음식으로 극진히 대접했던 게 오만의 전통이
아닐까 싶다. 실제로 휴가 기간 동안 오만 일주를 하는 동안에도 시골
에서 길을 물어본 적 있는 대부분의 가정에서 손을 잡아 끌며, 식사가
아니더라도 꼭 물이라도 한 잔 대접해서 손님을 보내려 했던, 너무나 아
름다운 기억이 지금도 생생하다.

역시 아이들은 아이들과 통한
다고 했던가. 만난 지 이틀 만에
서로 어색함을 많이 털어내고 잘
어울려 노는 것 같다. 한 번쯤
무스캇을 방문하게 되면 꼭 오라
고 부탁했었는데, 아직도 그 약속을 서로 지키지 못하고 있다. 전통적
인 이슬람 가정과 달리 이 집 식구들은 그렇게 손님이 온다고 하여 여
자들이 다른 방에 꼭꼭 숨는 일이 생기지 않아서 자연스레 어울리며
편하게 휴식을 취할 수 있었다.

집의 역사만큼이나 나이를 먹었을 현관문에 달린 현대식
알미늄 도어 클로저가 참 생뚱맞아 보인다.

저녁을 함께 하자는 칼리드의 요청에도 염치를 차리기 위해 마침 빈방이 난 호텔에 여장을 풀고 아이들과 동네 식당으로 저녁 식사를 하러 나왔다. 어느 집이나 똑같은 메뉴이지만, 그래도 마음씨 좋아 보이는 주인의 관상을 보느라 30분 동안 돌아다니다가 선택한 식당. 수저를 놓고 손으로 먹는 법을 알려주었는데, 의외로 아이들이 재밌어하며 잘 먹어주어서 다행이었다.

이틀간의 짧은 여정을 아쉬움으로 가슴에 담아 돌아 나오는 길. 그나마 들어갈 때보다는 차들이 많이 줄어서 기다리는 시간은 짧았다. 하지만 여전히 카페리는 만원이다.

선착장 앞으로는 이제 퇴역한 옛날의 고기잡이 배들이 횅하니 곳곳에 눈에 띈다. 옛날에는 고기잡이만으로도 풍족히 살았던 섬사람들이지만, 시대가 그러한지라 좀더 나은 혜택을 찾아 젊은 사람들부터 칼리드와 같이 나이 지긋한 사람까지 뭍으로 나와버린다. 그러니 섬이 점점 살기가 팍팍해지는 게다. 쓸쓸하지만 오히려 섬은 인간들의 몸살에서 점점 벗어나고 있다. 더불어 함께 이 섬을 떠나버린 거북이들도 다시 고향을 찾게 되기를 진심으로 기원해본다.

힐프(Hilf) 선착장을 뒤로 하고 떠나는 길. 멀리 둥그런 공군 기지의 레이더를 보며 둥글둥글 살아가는 소박한 섬사람들의 인심에 감사하며 좋은 기억만을 가지고 떠난다.

뭍에 도착하여 나오는 길의 양쪽으로는 지평선까지 펼쳐져 있는 자연 염전이 장관이다. 육지이긴 하지만 밀물 때면 수면 아래에 위치하는 이 염전은 인간이 쌓아놓은 제방에 스며들어 말라버린 바닷물이 한 풀이라도 하듯, 끝도 없는 하얀 서리처럼 한스럽게 펼쳐져 있다. 마치 눈이라도 내린 듯한 염전 바닥을 아이들이 뛰어다니며 다녀간 흔적을 만들고 있다.

07

중동의 진주 도파르(Dhofar)

아라비아 반도 남단

중동의 초록빛 진주 도파르는

산이 푸르고

바다가 푸르러서

진주가 아닙니다.

여러 국적의 사람들이

옹기종기 한 식구처럼 모여 살아가는

사람 냄새 가득한

따뜻하고 소중한 곳이라서

진주라고 불립니다.

오만의 남쪽 예멘과 국경을 접하고 있는 지역이 도파르(Dhofar)이다. 아마도 오만의 옛 국가의 시초가 시작되었을 것으로 추정되는 곳으로서, 동아시아로 항해해 왔던 최초의 중동 사람들이 이곳에서부터 항해를 시작했을 것으로 추정된다. 도파르에서 가장 널리 알려진 지역이 중동의 진주로 불리는 살랄라(Salalah)이다. 이곳은 해적에 납치된 우리나라 선박들이 풀려난 후 가장 먼저 도착하여 임시 수리나 의료 서비스를 받는 곳으로 우리에게 익숙한 지명이다.

수도 무스캇에서 이곳까지는 거의 1100km에 이른다. 그 때문에 그리 만만하게 선뜻 방문을 계획하기가 쉽지는 않으나, 오만의 사막 풍경이 질릴 때쯤이면 한 번쯤 꼭 방문해볼 만한 곳이다. 3년을 살면서도 거리의 제약 때문에 딱 두 번밖에 가보지 못한 살랄라 여행을 시작해보자.

무스캇에서 살랄라로 가는 가장 일반적인 루트는 중부 내륙 횡단도로를 달리는 것이다. 이곳은 몇 시간을 달려도 인가를 찾을 수 없는 황량하기 그지없는 사막 지대로서, 운전 중에 주유소가 보이면 반드시 기름을 채워야 하고, 스피드를 즐길 줄 아는 운전자라면 속도에 구애 받지 않고 원 없이 속도를 올려볼 수 있는 곳이다.

하이마(Hayma)를 지나서 예전에 하룻밤을 묵었던 도로변의 작은 게스트 하우스 정원의 모습. 두어 평 남짓한 좁은 방에 비해 터무니없이 비싼 방값은 희소성과 아울러 아마도 정원 꾸미는 비용이 포함된 탓인 듯.

주행 중 안전 운전은 기본. 가끔씩 타이어 문제로 길가에 서 있는 차들을 볼 수 있는데, 이곳의 정서상 이런 경우는 차를 세우고 한 번 걱정스러운 눈빛을 교환하고 떠나주어야 한다. 그게 오만식 정서다.

반드시 경유하여 급한 볼일도 보고 주유도 해야 하는 조촐한 주유소. 주유소가 일정한 간격으로 있는 게 아니므로 꼭 들르는 것이 좋다.

살랄라에 닿기 직전에 있는 투므라이트(Thumrayt)의 주유소 전경. 장거리 시외버스에서 내린 히잡을 두른 여인네들이 총총 볼일을 보러 화장실로 가는 모습을 슬쩍 촬영했다. 중동에서는 함부로 여자 사진을 찍는 것은 절대 금물이다.

투므라이트에서 새로 건설되고 있는 4차선 도로를 신나게 내달리다 보면, 서서히 저 멀리로 도파르 산맥이 보이기 시작한다. 여름 몬순(Monsoon) 시즌에 이곳에 도착하면 산 아래서도 쉽게 초록의 대지를 만날 수 있다.

산맥의 정상이 상시 구름에 덮여 있는 이곳은 우리나라보다 더 울창한 수목들이 도로 양편을 빽빽이 메우고 있다. 특히 산을 넘을 때 구름 속에서는 과속을 하지 않도록 유의해야 한다. 옆으로 잘못 핸들을 돌리면 골짜기로 떨어질 수도 있는 아찔한 도로다. 이 위험한 도로의 확장 공사를 한국 건설업체가 맡아서 지금도 열심히 공사 중이다.

구름이 아주 심한 날에는 경찰이 통행을 차단하지만, 대부분은 비상 등을 켜고 천천히 앞으로 전진하는 수밖에 없다. 차라리 차를 세우고 흠뻑 습기 찬 대기에 몸을 맡기는 사람들이 부럽다.

사막에선 낙타가 우선이지만 이곳에서는 풀을 뜯고 도로를 무단 횡단하는 젖소들이 우선이다. 유일하게 방목된 젖소를 볼 수 있는 곳이다. 모든 이들이 이곳을 중동의 진주로 부르며 축복하는 이유를 알 수 있을 듯하다.

산 정상에서 멀리 내려다 보이는 살랄라 전경. 산을 내려가면 다시 익숙한 메마른 사막이 도시를 휘감고 있는 것이 보인다.

몬순 기간의 축제도 끝난 라마단 이후의 이드(Eid) 휴가 기간에 살랄라를 다시 찾았지만, 휴가라 그런지 시내 중심가에서 숙소를 구할 수가 없어 동쪽으로 70km 정도에 위치한 미르밧(Mirbat)의 리조트를 예약하고 그곳으로 먼저 방향을 잡는다.

미르밧은 아름다운 해변과 아울러 아직도 많은 옛 유적들이 제법 많이 보존된 지역으로 살랄라 여행의 출발점으로 추천해도 무리가 없을 듯싶다.

미르밧으로 가는 길에 만난 낙타 떼거리들. 다른 곳과 마찬가지로 이곳의 낙타들도 그리 차량을 신경 쓰지 않으므로 낙타가 보이면 무조건 서행해야 한다. 이 지역은 사막과 달리 낙타들이 10여 마리 이상 떼를 지어 이동하므로 중간에 만나게 되면 좋은 구경거리를 제공한다.

미르밧 직후 길 안쪽에 위치한 공동 묘지. 비문이 아닌 돌을 두루 세워놓은 모습이 규모는 크지만 다른 지역과 별반 다르지 않다.

미르밧에서 30km 정도 살랄라 쪽으로 오다 보면 코르로리(Khawr Rawri) 주거 지역을 만나게 된다. 이곳은 유네스코가 지정한 세계문화유산의 하나로 2RO 정도의 입장료를 내고 들어가면 박물관과 일부 복원된 옛 주거 지역을 볼 수 있다. BC 3세기에서 AD 1세기경에 조성된 것으로 알려진 이곳은 옛날 동방으로 무역품을 수출하던 무역선들의 출발지였으며, 철과 구리를 가공할 줄 알았던 사람들이 살았다고 전해진다. 왠지 신드바드가 살았을 것 같은 느낌이 든다.

한가롭게 유적지를 거니는 연인이 한 쌍 있어서 사진에 담는다. 의외로 이 유적지를 아는 현지인이 별로 없어 주로 외국인들을 많이 발견하게 된다. 아직도 제 모습을 간직한 많은 담들이 아래쪽의 호수를 굽어보며 옛 영광의 재현을 기다리고 있다.

주거지에서 내려다본 옛 항구의 위치가 멀리 보인다.

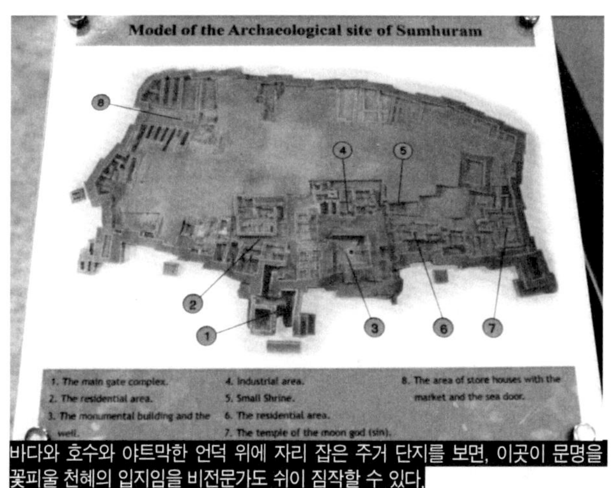

바다와 호수와 야트막한 언덕 위에 자리 잡은 주거 단지를 보면, 이곳이 문명을 꽃피울 천혜의 입지임을 비전문가도 쉬이 짐작할 수 있다.

본격적으로 살랄라 산 속에 있는 이름난 와디를 찾아 들어간다. 와디 다르밧(Wadi Darbat)은 코르로리 인근에서 바로 입구를 찾을 수 있다. 들어가는 초입에 인도 청년들이 구워서 파는 양고기 꼬치 구이를 꼭 먹어보고 가길 권한다. 다른 양념 없이 소금으로만 간을 해서 쫄깃하니 맛이 상당히 매력적이다. 같이 팔고 있는 옥수수는 절대 먹지 말 것.

작은 언덕 하나를 살짝 넘었을 뿐인데, 벌써 싸하니 신선한 공기가 폐 속으로 밀려 들어온다. 한국의 상큼한 여름날 숲속에서 맡았던 바

로 그 신선함이다. 뒤에서 아이들이 감탄의 비명을 질러댄다. 야! 완전
한국이다.

길가에 그득한 낙타 배설물을 요리조리 피해서 와디 초입에 들어서면
향긋한 낙타 똥냄새와 함께 촉촉한 습기를 머금은 맑은 공기를 원 없이
마실 수 있다. 오만에서는 이곳에서만 즐길 수 있는 축복이다. 절대 속
도를 높이지 말고 중간 중간에 있는 쉼터의 유혹도 뿌리치고 끝까지 계
속 차를 달리다 보면, 뒤쪽으로는 동굴을 벗하고 앞쪽으로는 작은 개천
을 끼고 있는 마지막 쉼터를 만나게 된다.

마지막 쉼터 주차장. 옆에 놀이용 요트 계류장이 보인다.

그 옛날 짐승들을 가두는 데 쓰였던, 동굴 앞에 남아 있는 울타리.

살랄라 시내가 가까운 곳에서 아인타브락(Ayn Tabraq)으로 빠져나간다. 바로 옆에 있는 아인 아튬(Ayn Athum)과 유사하므로 한 곳만 들러도 괜찮은 곳이다.

암반 사이에서 연중 마르지 않는 물이 흘러나오며 주변에 꽃밭과 쉼터가 잘 꾸며져 있다. 이곳에서 현지인이 파는 옥수수는 꼭 먹어보길 바란다. 정말 탱글탱글하니 맛있다고 우리 아이들이 극찬을 한다.

쉼터 근처의 산과 앞에 있는 꽃밭

시내로 접어든다. 복잡한 도심을 피하여 바닷가 쪽으로만 치우쳐 달리다 보면, 알발리드 아르키에오로지컬 사이트(Al Balid Archaeological site)라는 커다란 공원을 쉽게 찾을 수 있다. 입장료와 입장 시간이 정해져 있는 곳이므로 시간 배분을 잘해야 한다. 전체를 둘러보는 데 2시간 이상 걸린다.

정해진 코스 없이 이곳 저곳 마음대로 돌아다닐 수 있게 한 전형적인 오만식 관광지. 하지만 여러 가지를 다 돌아보기 위해서는 지나온 길을 더듬어보며 다음 행선지를 잘 골라야 한다.

이곳은 시내에서도 쉽게 접근이 가능한 유네스코 세계 문화유산으로 옛 거주지와 특히 초기 모스크들의 유적을 종류별, 시대별로 찬찬히 볼 수 있다.

산책로를 따라 그냥 걷기만 하면 자세한 설명과 함께 초기 아랍어가 새겨져 있는 석물들도 간간이 볼 수 있다.

별로 커 보이지 않는 건물들도 막상 앞에 다가서서 돌기둥 하나하나의 크기를 보면, 그 옛날 상당한 규모의 도시가 이곳에서 번성했었고, 동방으로 항해를 시도할 만큼 꽤 큰 문명이었음을 수긍하게 된다.

돌 속 깊이 새겨진 아랍어 글자가 몇 천 년의 풍파 속에서도 제 모습을 잃지 않고 문화 유산의 존재를 각인시켜준다.

공원 맞은편으로는 끝없이 펼쳐진 코코넛과 바나나 농장이 눈에 들어온다. 무스캇에는 지천으로 널려 있던 대추야자는 전혀 찾아볼 수가 없고, 거리마다 코코넛이 가로수 자리를 대신하고 울타리도 없는 농장에는 바나나가 또한 지천이다.

　이제 도심을 벗어나기 위해 서쪽으로 다시 길을 계속 간다. 도심을 벗어나기 직전, 아스 술탄 카보스 가(As Sultan Qaboos Street)를 따라가다 보면, 코코넛과 바나나를 대량으로 팔고 있는 길게 자리 잡은 노천 가게들을 만나게 된다. 가격은 무스캇보다 훨씬 저렴하면서도 맛도 좋고 양도 많으므로 꼭 사서 트렁크에 넣어둔다. 흥정을 하면서 계속 매달려 있는 바나나를 야금야금 하나씩 따서 먹었더니 주인 총각이 엄청 눈치를 준다. 안 깎아주면 더 먹으려고 했는데 아쉽게 흥정이 끝났다.

운전이 피곤해지면 길가에 차를 세우고 코코넛 나무에 매달리기 한 판으로 가볍게 몸을 풀어준다. 이곳은 만조 때는 바닷물이 넘쳐 도로까지 올라오므로 바람이 심한 날에는 도로 쪽으로는 가지 않는 것이 좋다.

아무나 오르지 못하는 나무라 더욱 고고해 보이는 코코넛 나무.

길에 널린 게 코코넛과 바나나지만, 코코넛은 나무를 오를 수가 없어서, 바나나는 보는 눈들을 가려주는 울타리가 없어서 서리를 할 수가 없었다. 너무 넘치면 가치가 떨어진다고도 하는데, 아직도 욕심이 나는 걸 보니 나도 속물이 다 되어가나 보다.

코코아 나무 아래로 농장에 물을 뿜어주는 살수기가 보인다. 10미터 이상 되는 가로막대 양쪽에 바퀴가 달려서 큰 농장을 한 번에 왕복하며 물을 줄 수 있는 대단한 구경 거리다. 이곳은 북부의 알바티나(Al-Batinah)와 더불어 오만에서 소비되는 야채들을 공급하는 주요한 산지 중의 한 곳이다. 산중턱의 흔한 물과는 달리 시내는 여전히 사막처럼 메마른 곳이 많아서 별도로 물을 공급해주어야 한다. 불과 수km밖에 떨어져 있지 않지만 기후는 너무나 다르다.

주인의 얼굴은 확인할 수 없었지만 나무 곳곳에 매달려 있는 새 둥지를 자주 볼 수 있다. 인내심이 있는 사람은 한 번 기다렸다가 주인 낯짝을 확인하시길.

살랄라 항구 지역인 레이수트(Raysut)를 지나쳐 예멘 국경을 향한다. 구름 낀 날, 갑자기 안개가 자욱한 해변을 만나게 되면 알무그사일(Al Mughsayl)에 거의 다다른 것이다. 해안가에서 조금 떨어진 곳에서 유향(Frankincense) 나무들을 심어 놓은 농장을 만났다.

제주도의 귤처럼 예전에는 인기가 좋아 향료 나무를 가꾸어 유향을 채취하는 것만으로도 생활이 가능했다지만, 이제는 인기도 다소 주춤하고 유향만으로는 먹고 살기가 힘들어졌는지, 정부의 주도하에 향나무의 식재가 이루어지고 있는 모습이다.

세계 역사 속에서도 자주 언급되는 시바 여왕이 솔로몬에게 바쳤다는 향료가 오만 도파르의 유향이라고 전해진다. 아직도 이 유향에 대한 오만 인들의 자부심이 상당히 강하다. 전국 어디를 가든 이 유황을 피워 가게의 나쁜 냄새를 몰아내곤 한다. 노천 식당 등지에서도 살균과 날벌레들의 침입을 막기 위해 자주 피우는 향인지라 나도 그리 거부감이 느껴지지는 않는다. 다만 멀쩡한 생나무에 생채기를 내고 삐져나오는 진액을 수거하여 만든다니, 그 방식이 다소 안쓰러울 뿐.

사실 이 향료와 우리 나라와의 인연은 상당히 깊다고 한다. 기록에 따르면 1024년 고려 현종 때 당시 대식국으로 불리던 오만의 상인들이 자국의 생산품 중에서 이 유향(Frankincense)을 왕에게 바치고 금과 비단을 하사 받았다고 한다. 알고 보면 정말 긴 인연이다.

이 오만 상선들이 오만 땅을 떠나 중국에 닿기까지 6개월이나 걸렸다고 한다. 지금은 비행기로 9시간 걸리는 것에 비하면, 거리는 가까워졌지만 문화적, 종교적 이질감만은 1000년이 지난 지금도 그리 가까워지지 않은 것 같아서 아쉽다. 이 책을 쓰는 이유 중의 하나가 바로 그것이다.

무그사일에 도착하여 산 쪽을 오르지 말고 바닷가로 내려가면, 자연 분수로 유명한 해변이 나온다. 높은 파도가 바닷가 벼랑을 때리면서 곳곳에 패인 구멍으로 바닷물이 뿜어져 나오는 장관을 볼 수 있다. 구멍 속에서 들리는 바람 소리에 호기심을 느껴 가까이 다가섰다가는 물 세례를 맞을 수 있으므로 유의해야 한다. 초입에는 각도에 따라 모양이 달리 보이는 바위들이 많은데, 강아지 머리 바위를 꼭 찾아보시길.

이제 예멘 국경을 향해 떠나볼까. 현재 예멘은 입국이 허락되지 않지만, 힐랄(Hilal) 지역을 통하여 예멘으로 가는 길은 직벽을 깎아 만든 낭떠러지를 돌아 올라가는 험난한 코스이다. 그만큼 스릴을 즐길 수 있다. 급격한 기압 차이로 귓속이 멍해질 만큼 가파른 산세이므로 운전을 조심해야 한다. 정국이 불안한 예멘과 사회가 안정되어 있는 두 나라를 살포시 갈라주는 이 산이 작은 회색지대가 된다.

산 정상이 항시 구름 속에 싸여 있으므로 스릴만 즐기고 돌아오기를 권한다. 절대 안개를 억지로 뚫고 산을 넘을 생각은 하지 마시길….

안개를 만나면 싸우려 해서는 안 된다. 그저 잠시 차를 세우고 휴식을 취하며 인증샷을 찍는 것이 최고다.

살랄라 서쪽 해안가의 전반적인 구경이 끝나고도 시간이 허락된다면, 동쪽 해변을 따라 하식(Hasik)까지의 드라이브를 추천한다.

아름다운 해안선을 따라서 도로가 잘 발달되어 있고 곳곳에 차를 세우고 쉴 수 있는 작은 해변도 많이 있다. 또 무엇보다 웅장하게 우뚝 서 있는 기암 괴석들을 즐길 수 있는 코스다.

운이 좋으면 도로를 무단 횡단하는 사막여우를 만날 수도 있다. 단절된 도로 탓에 이곳을 찾는 관광객이 뜸하다는 것이 이들 야생 동물들의 보금자리를 잠시나마 지켜주는 방편이 된다. 때론 개발되지 말아야 할 곳도 많다는 것을 이곳 사람들도 깨닫게 되는 날이 곧 올 것이다.

지나우트(Jinawt)까지 아직 도로가 완성되지 않아 하식에서 다시 차를 돌려 살랄라로 돌아 나와야 하지만, 도로가 끝나는 곳에 다다르면 웅장한 수직 폭포의 흔적을 볼 수 있으므로 포기하지 말고 달리라.

비가 내리는 우기철에만 폭포가 생성되는 해안가 직벽 아래에는 비가 내리지 않는 계절에도 적은 양의 물이 계속 떨어져 그 아래 작은 호수가 자연적으로 형성되어 있다.

주변에는 작은 쉼터도 있으므로 한숨 돌리고 야외에 방치되어 있는 무덤을 돌아 나와 살랄라로 복귀하면 된다. 왕복 300km이므로 시간이 허락하는 경우에만 둘러볼 것.

다시 무스캇을 향한 1100km의 여정을 시작해야 한다.

08
무스캇 생활

내가 살던 곳과 아이들이 살던 곳

　나의 오만 정착 1번지는 무스캇의 알 안삽(Al Ansab) 8354번지. 시내에서 다소 떨어진 외진 곳이지만, 쾌적한 공기와 넓은 정원이 좋아서 선택한 곳이다. 주방이 본체와 떨어져 있는 데다, 귀여운 쥐가 한 마리 출몰하여 식구들의 혼을 빼놓는 바람에 결국 1년 만에 나온 집이다.

언덕 위에 우뚝 선 궁전 풍의 이 집. 집은 여자가 골라야 한다는 교훈을 주고 나와의 인연을 접었다.

도마뱀

 이 나라에 와서 아내의 혐오 순위 1위를 차지한 귀여운(?) 도마뱀. 버젓이 현관 앞에 아침마다 떡 하니 자리를 차지하고선 우리 식구들을 가끔씩 깜짝 놀라게 했던 놈이다. 어린 아들이 과감히 생포를 시도하다 번번이 꼬리만 전리품으로 거둘 뿐 좀처럼 잡히지 않던 놈. 그놈이 카메라에 잡혔다.

 3, 4월에는 큰 놈들만 자주 보이더니 6월에 접어들면서 새끼들이 많이 보이기 시작한다. 아마도 5월경에 산란한 알들이 다 깨어난 게 아닌가 싶다. 6개월이 지나면서부터 아내는 이제 귀엽게는 보인다고 했지만, 여전히 이놈과의 대면은 그녀의 꽥 하는 비명 소리로 시작된다. 집에서 공생한다면 작은 바퀴나 파리라도 잡아먹으며 우리에게 도움이 될지도 모르겠다는 생각도 들었지만, 요 며칠 동안 방 구석구석에 싸놓은 요놈의 똥을 치우다가 나도 공생을 포기하고 주적임을 선포했다. 다만 시궁창 끝으로 살짝 비쳐 보이던 어떤 놈의 꼬리가 진짜 큰 뱀이 아니라 이놈의 꼬리였기만을 간절히 바랄 뿐….

 도마뱀 소동으로 근 두 달을 조용할 날이 없던 집구석에서 드디어 큰 일이 터지고 말았다. 물론 도마뱀에 대한 공포는 사라지게 되었지만.

 아내의 비명 소리로 촉발된 쥐 소동은 쉬이 사그라들 것 같지가 않았다. 간만에 조용하게 보내려

새끼 손가락만 한 도마뱀은 지금도 가끔씩 천장에 붙어 있다가 나를 놀라게 하기도 한다. 귀여운 것들.

했던 주말 계획은 이미 물 건너간 것 같고…. 며칠 전 루루(LuLu)에서 구입해온 쥐약과 끈끈이를 비웃듯, 여전히 1층 거실엔 간간이 쥐똥이 허망하게도 널려 있다. 소파며 책장을 들어내가며 이 불청객을 빨리 잡아서 이 바가지로부터 해방을 꿈꾸는 수밖에. 세 번째 소파를 움직이는 순간 쥐 서방이 날쌔게 달려나온다.

정말 빠르다. 미처 몽둥이로 손이 가기도 전에 잽싸게 막아놓은 박스들 사이를 비집고 열린 화장실로 달려 들어간다. 앗싸, 이젠 끝장이다. 화장실 문을 걸어 잠그고 꼼짝없이 걸려든 이놈을 아작 내려 들어갔는데…. 어라? 이놈이 이 좁은 화장실의 어디로 갔단 말인가. 보이지를 않는다.

이틀간의 잠복 수사에도 불구하고 화장실로 들어간 쥐를 찾는 노력은 물 건너가고, 아내는 시체가 없으니 죽은 게 아니라는 집착으로 여전히 나를 괴롭힌다. 비책을 써야 할 시간이다.

점심밥을 주는 밥집에 있던 고양이를 공수하고 일전에 쥐를 잡았다는 교포를 통하여 쥐덫을 빌렸다. 화장실에 쥐 덫을 설치하고 고양이의 음향 효과로 붙잡아둔 지 이틀이 지났다. 마침 회식에서 돌아오는 길에 우연히 열어본 화장실에는 포동포동한 쥐 한 마리와 문을 갉아먹어 생긴 참혹한 광경이 펼쳐져 있었다.

일단 쥐란 놈을 덫에 넣어둔 채로 마당으로 옮기고 내일 아침까지 고양이와의 동침을 통하여 극도의 공포를 경험하게 한 후 장렬히 처형시킬 것이라는 나의 계획은 아침이 밝아오면서 산산이 깨지고 말았으니…. 이놈의 고양 씨는 종내 쥐를 거들떠보지도 않고 외면하고 만다.

그동안 쥐 잡으라고 고기로 몸 보신을 시켰는데, 쥐는 쳐다도 안 보고, 나보고 고기 달라고 매달린다. 고약한 놈. 더구나 서선생은 한낮 땡볕에 허무하게 죽고 말았다.

혹자는 쥐가 나오면 정부에 신고하면 잡아준다는 말을 하지 않나, 별소리를 다 들었지만, 잡힌 쥐에 대한 시원함보다는 종내 습성을 이해할 수 없는 이 고양이의 정체가 우리를 더욱 흥분하게 만든다. 밥 No, 국 No. 가끔 빵과 고기, 생선에 집착하는 이 고양이는 중동의 식성이 완전히 체화된 듯 우리가 제공한 한국 음식 부스러기에 대한 강한 외면과 이 나라 고기에 대한 엄청난 집착을 보였다. 고양이의 식성까지도 지방이 달라지면 변한다는 진리를 우리 식구들에게 심어주었다. 그나 저나 그저께부터 다시 집 사람의 눈에 뜨인 작은 쥐 선생 한 마리 때문에 다시 주말이 바빠질 것 같다.

황망하기 그지 없던 이 지역도 2년이 지난 지금은 새로이 도로가 나고 사람들이 모여들어, 옛적의 조용함은 사라지고 번잡함과 소음만이 가득한 곳이 되어버렸다.

2008년 크리스마스

이 나라에서는 쳐주지도 않는 크리스마스를 황망하게 보내고, 찬찬히 집 계약서를 읽어보며 이사할 준비를 한다. 계약 기간 2년에 한 쪽이 3개월 전 통보하면 계약 파기 가능, 벽에 못질하지 말고…, 주저리주저리 읽어가다가 그만두기로 한다. 아직도 영문과 아랍어로 된 문서들이 눈에 익지 않는다.

어떤 이는 집을 수십 채 가지고 관리인까지 두면서 임대 사업을 한다고들 한다. 아마도 산업 시설이 부족하다 보니, 돈 있는 이들은 직장 급여보다 임대 사업으로 생활을 꾸려나갈 수밖에 없을 듯. 원칙적으로는 외국인의 주택 소유가 금지되어 있으니, 정말 여러 모로 외국인이 여러 사람 먹여 살리는 것 같다. 하긴 우리 앞집 <u>사이프(Saif)</u>는 작아 보이는 그 집에만 다섯 가구가 세 들어 살고 있다니, 직장에서 일찍 돌아와 항상 집 앞에서 보이는 그의 모습이 그리 이상한 일이 아닐는지도 모르겠다.

주택임대차 계약서는 영문과 아랍어의 혼용 판이다. 오른쪽으로 써가는 영문판과 왼쪽으로 글을 쓰는 아랍어 판은 한 양식에 좌우로 배치하기에는 절묘한 조화가 아니던가. 영국의 식민지 시대 영향으로 영어가 많이 일상화되어 있는 요인도 있지만, 이런 적절한 조화도 영어 사용의 일반화에 한몫 하지 않았을까.

증명 사진도 파란 바탕만 허용되는데, 계약서도 파란색이다. 물을 갈구하는 욕심에 물든 것인가, 아니면 숭배하는 것인가. 오만에서는 한국보다 더 자주 파란색을 볼 수 있다.

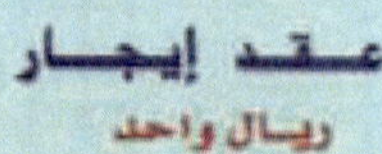

Tenancy Agreement

No 938404

عقــد إيجــار

ريال واحد

- The provisions of the Royal Decree No. (6/89) and its amendments, in respect of organizing the relationship between Landlords and Tenants of residences, shops and industrial sites shall apply to this agreement.

- Terms mentioned behind this agreement are part of it.

- تسري على هذا العقد أحكام وموادّ المرسوم السلطاني رقم (٨٩/٦) وتعديلاته ولائحته التنفيذية والقرار الديواني رقم (٩٣/١٧) الخاصة بتنظيم العلاقة بين ملاك ومستأجري المساكن والمحال التجارية والصناعية وتسجيل العقود الخاصة بها

- تعتبر الأحكام المنصوص عليها خلف هذا العقد جزء من بنوده

Landlord Details (First Party): — بيانات المؤجر (الطرف الأول) :

Name: MOHAMED AZIZ MOHAMED AL SIYABI — الاسم : محمد بن عزيز بن محمد السيابي

ID/Passport No. (for individuals): 02189474 — رقم البطاقة الشخصية/رقم الجواز (بالنسبة للأفراد) : ٠٢١٨٩٤٧٤

C.R. No. (for companies): __________ — رقم السجل التجاري بالنسبة (للشركات) :

Telephone No. Home: 99338218 ٩٩٣٣٨٢١٨ المنزل — Work __________ العمل — رقم الهاتف :

Address: Area: __________ المنطقة — P. Code: __________ الرمز البريدي — P.O. Box: __________ ص.ب : — العنوان :

Tenant Details (Second Party): — بيانات المستأجر (الطرف الثاني) :

Name: CHAE WOAN PARK — الاسم : شاى وأن بارك

ID/Passport No. (for Omani): __________ — رقم البطاقة الشخصية/ رقم الجواز (بالنسبة للمواطنين) :

Labor Card No. (for expatriates): 78662339 — رقم بطاقة العمل (بالنسبة للوافدين) : ٢٨٦٦٢٣٣٩

Sponsor Name : __________ — إسم الكفيل :

C.R. No. (for Companies): __________ — رقم السجل التجاري (بالنسبة للشركات) :

Telephone No. Home: 95674302 ٩٥٦٧٤٣٠٢ المنزل — Work __________ العمل — رقم الهاتف :

Address: Area: __________ المنطقة — P.Code: __________ الرمز البريدي — P.O. Box: __________ ص.ب : — العنوان :

Property Details: — بيانات العقار المستأجر

Flat/Shop No.: __________ رقم الشقة/ المحل — Building No. 8354 رقم المبنى

Area: ALM Ansam المنطقة الأنسب — Block No.: المربع المرحلة الرابعة — Plot No.: 784 ٧٨٤ رقم القطعة

Way: 7654 ٧٦٥٤ رقم السكة/ الزقاق — Street No.: __________ رقم الشارع — Block No.: __________ رقم المجمع

Type of activity: residential نوع النشاط — Land use: __________ سكني نوع إستعمال الأرض

Contract Period & Rental Value: — مدة العقد والقيمة الإيجارية :

This agreement is valid for a period of 2 years — يسري هذا العقد لمدة سنتين إبتداءً من ١/١/ ٢٠٠٩م

commencing on: 1 / 1 / 2009 and expiring on: 31 / 12 / 20 11 — وتنتهي في ١/١/ ٢٠١١م

Monthly Rental Fees: RO. 300ر — القيمة الإيجارية الشهرية الف وثلاثمائة ريال ر.ع

To be paid in advance every 1 year — تدفع مقدماً في بداية كل سنة

Tenant Signature: __________ توقيع المستأجر — Landlord Signature: __________ توقيع المؤجر

Date: __________ التاريخ — Date: __________ التاريخ

For Official Use: — للإستعمال الرسمي :

__________ — تم تحصيل الرسوم العقارية البالغة (ر.ع) فقط مبلغ وقدره

__________ — ريال عماني بالإيصال رقم :

بتاريخ ٢٠٠٨/١٢/٣ م __________ — إسم المحصل :

__________ (التوقيع والختم)

حرر هذا العقد من ثلاث نسخ : نسخة للمؤجر، نسخة للمستأجر، نسخة للمديرية المعنية

우리 집 바로 옆에 있던 판자로 지은 모스크. 한국의 개척교회처럼 이곳에도 사람이 모여 살기 시작하면 임시로라도 이렇게 모스크를 지어, 기도 시간이 되면 꼬박꼬박 방송을 틀어준다. 처음엔 소음으로 여겨져 고생도 했지만, 다시 이사를 할 때쯤에는 이마저도 아쉬운 마음이 들었다.

  수도 무스캇은 1년 내내 곳곳에 공사를 벌이는 곳이 많다. 세계 경기의 침체에 따른 영향을 중동의 산유국들은 좀 늦게 겪는 것일까. 3년간 살면서 주위 사방을 둘러보았을 때 한 곳도 공사현장이 없는 곳을 발견하지 못했으니, 끊임없이 공사가 진행 중임을 알 수 있다. 물론 그 속도감이라는 것이 우리 한국과는 비교가 되지 않으니, 공사현장이 자주 눈에 띄는 것이 그리 놀라운 일도 아닌 것을.

저녁 무렵 간이숙소 앞에 앉아 하릴없이 더위를 식히는 근로자들.

보통 주택 공사의 경우, 일단 터를 잡고 나면 외국인 노동자 몇 명이 판자로 임시 기거용 집을 지으러 오고, 그 뒤에 자재가 도착하면 몇 명의 작업자가 오로지 사람의 힘만으로 2~3층의 건물을 지어 올린다. 그러므로 3년 동안 옆집에서 집 짓기 공사가 계속되고 있어도 놀랄 일은 아니었다.

아마도 중장비 임대료보다는 외국인의 인건비가 더 싼 탓이 아닐까 추측하지만, 나와 전혀 상관없는 공사장의 인부가 오죽하면 얼굴을 기억할 정도로 오래도록 동네에서 공사를 하고 있으니, 쯧쯧. 다만 한여름 땡볕 아래서 열심히 시멘트를 져 나르는 그들의 땀 범벅 얼굴에서 단

지 십 수년 전 이곳 중동에서 근무했을 우리의 아버지와 형님의 얼굴을 보는 것 같아 한 번씩 가슴이 찡했던 적이 있다.

　한여름이면 노천에서 잠을 청하는 작업 인부들을 종종 목격할 수 있다. 판자로 지은 답답하고 후텁지근한 간이 막사보다는 오히려 야외가 좋을 수도 있겠다 싶다. 도심에는 사막만큼이나 이슬이 내리지 않으므로 밖에서 하늘을 보며 잘 수도 있고, 물이 없으니 모기의 서식 또한 힘들므로 이 또한 더운 나라의 좋은 점이다.

무스캇 오아시스 아파트단지(Muscat Oasis Residence)

2년 동안 우리 가족을 품어준 오아시스 아파트단지는 약간의 우여곡절은 있었지만 아내가 선택한 집이어서 아무 내분(?) 없이 조용하게 살 수 있었다. 집은 역시 여자가 골라야 한다.

3개의 수영장과 잔디밭이 있고 더구나 우리 집 양쪽에 수영장이 있어서 날마다 수영을 할 것처럼 여겨졌었지만, 2년 동안 두 번밖에 수영을 한 기억이 없다. 역시 가까이 있는 것은 하찮아 보이고, 항상 먼 곳에 있는 것을 동경하는 것이 사람인가 보다.

밤 9시면 가동을 멈추어 자는 시간을 알려주곤 하던 잔디밭의 분수

어느 날 밤 수영장에 나타난 귀신을 찍었는데, 귀신
이 아니라 니캅(Niqab)을 온몸에 둘러쓴 채로 수영
을 하는 오만 아줌마들이었다. 흰색보다 검은색이
밤에 더 무서울 수도 있다는 것을 체험한 날이다.

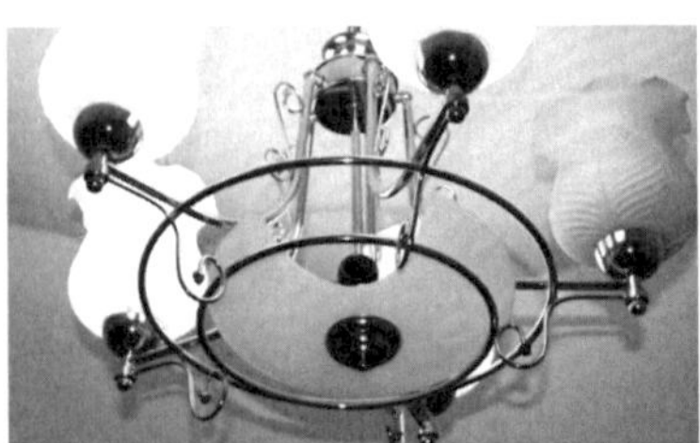

사용하는 전압과 헤르츠(Hz)가 달라 가전제품을 고를 때도 신경이 쓰였는데, 불안정한 전압은 가끔씩
천정의 전구를 폭발시키는 황당한 날도 경험하게 한다. 밥을 먹다가 전구가 터져버린 그날의 악몽은 앞
으로도 몇 년은 뇌리에서 쉬이 떠나지 않을 것 같다.

TAISM(The American International School Muscat)

수도 무스캇에는 미국 계, 영국 계, 인도 계, 필리핀 계의 많은 국제학교가 몰려 있다. 얼추 자국민 200만에 외국인이 100만이니, 국제학교가 많이 활성화될 수밖에 없을 듯하다.

우리는 오만에 도착할 때가 다 되어가도록 TAISM에서 아이 두 명에 대한 입학 허가가 나오지 않아서 마음 고생을 했었다. 정원 초과란다. 며칠을 고민하다가 아들은 TAISM으로, 딸은 우선 MIS(Muscat International School)로 보내기로 결정했다. 일단 둘이 따로 다니다가, 딸이 아들이 있는 학교로 합류하는 게 나을 듯싶었다. 그런데 입학한 지 1주일 만에 봄방학을 맞이한다고 좋아 날뛰는 아들 앞에 우린 그저 얼굴만 서로 쳐다보고 비싼 입학금을 생각하며 씁쓸한 미소만 짓는다.

딸이 입학한 MIS의 반 정도는 현지 오만 인 아이들이 다니고 있다. 그래서 그런지 국제학교의 이미지보다는 일반 사립학교(Private School)에 약간 외국인이 섞여 있다는 느낌만 든다. 그나마 외국인의 반이 주변 GCC 국가들에서 온 외국인이니, 옷만 보자면 영락없는 현지 학교다. 정규 과목에 아랍어 수업이 있는 것을 보니 새삼스럽기까지 하다. 다행히 딸은 첫 아랍어 수업 시간에 아랍어로 써준 자기 이름이 너무 신기하다며 의욕을 보인다. 이제 첫걸음을 시작하는 나의 아랍어 수업에 라이벌이 될지도 모르지만, 그래도 오히려 엄마보다 더 잘 적응하고 있는 아이들이 대견스럽다.

날씨 좋은 어느 날 학교에서는 인터내셔널데이(International Day) 행사가 열렸다. 학생들의 장기 자랑과 각 국가별 부스(Booth)를 마련하여 학교 발전 기금도 벌어들이는 행사.

　평소에는 잘 몰랐는데, 얼마나 많은 국적의 학생들이 재학 중인지 이 날 각 나라의 부스를 찾아 다니며 음식을 먹다 보면 자연스럽게 알게 된다.

올해도 한국 부스에는 김밥과 김치, 잡채, 불고기가 등장했다. 쉴새 없이 팔려 나가는 음식을 보며 이국 땅에서 다시 한 번 고국을 떠올리는 시간을 갖는다. 음식은 음식 이상의 의미를 갖는다.

현지인들도 아이들과 메이드를 동반하고 구경을 왔다.

국적의 다양함을 가늠케 하는 국기들

오만의 전통 응접실을 볼 수 있는 기회도 제공된다. 바르카(Barqaa)를 착용한 베두인들은 수공예품을 들고 나왔는데 썩 장사가 잘되는 것 같지는 않다.

다른 학교에서 초대되어 온 오만 학생들의 기타 공연. 다소 불편해 보이는 복장이지만, 예술은 그 불편조차도 아름답게 보이게 한다.

학교 옆에 자리잡은 종교 단지. 종교의 자유를 허락한다지만, 예배 장소는 엄격히 장소를 정하여 이곳에서만 성당과 교회의 예배를 볼 수 있다. 십자가는 밖에 걸어둘 수 없다. 문화와 종교는 지킬 것을 지키는 무언의 약속 하에서 얼마든지 공유될 수 있다.

모스크

중동 국가에서 이슬람은 단순히 종교의 의미만이 아니라 일상 생활 그 자체이다. 다소 민주화되거나 종교의 자유가 보장된 나라라 할지라도, 이슬람의 영향은 아침에 일어나 잠자리에 들기까지 모든 일상에 영향을 미치는 종교 이상의 의미라 여겨진다. 따라서 무슬림이 예배를 보는 모스크 또한 단순히 하나의 건축물 이상의 의미를 가질 수밖에 없다. 각각의 조각이나 모양새를 모두 섭렵하고 그 의미를 파악할 수는 없지만, 웬만큼은 이제 절이나 교회에서 느끼는 종교적인 아늑함을 나도 느낄 수 있는 정도의 내공을 쌓은 것 같다.

모스크 야경

일전에 어느 동네 사진 전시회에서 동료의 부인이 제출한 전시 사진을 보고 나도 느낀 바 있어서, 오늘은 온 식구들과 드라이브를 겸해 술탄 카부스 그랜드 모스크(Sultan Qaboos Grand Mosque)를 찾는다. 낮에는 출입 시간의 제약도 있고 일부러 지나쳐 가기 일쑤라 모스크 전

체를 땡볕에서 관찰할 엄두가 나지 않더니만, 밤이라서 그런지 지나가는 차들의 소음만 참을 만하다면 야경이 훨씬 돋보인다. 다른 종교의 보금자리와는 달리 고요하고 적막한 어둠 속에서 모스크는 훨씬 아름다운 모습을 감상할 수 있는 기회를 종종 제공한다. 의도되었건 아니면 우연의 일치이건 간에 대부분의 규모가 있는 모스크는 야경을 돋보이게 해주는 조명 시설이 잘되어 있다.

초기에 오만에서 한 번 들렀던 그랜드 모스크의 내부 사진을 몇 장 찾았다.

모스크 주변에 넓게 자리잡은 아름다운 정원

반반한 대리석으로 포장되어 입구에서부터 정갈함과 엄숙함을 안겨주는 모스크 정문

귀하고 엄숙한 것을 맞이하기 위해서는 나의 몸이
먼저 정갈해야 한다. 입구에 위치한 손발 씻는 곳.
좀 고급스럽다.

여행 소개서에는 큰 양탄자와 대형 샹들리에를 보라고 추천되어 있었지만, 이른 아침 태양빛으로 은은
하게 밝아오는 스테인드글라스와 주변 벽에 새겨진 멋진 필체의 아랍어 글귀들과 소품들에 오히려 더
눈이 간다.

천장에 매달린 샹들리에.
아름다움보다 크기가 압도적이다.

오히려 나와 같은 관광객들의 웃음소리와 소음이 분위기를 더욱 해치는 듯하여 조금 미안해지는 분위기다.

알쿠와이르(Al-Khuwair)에 위치한, 야간과 주간이 판이하게 다른 느낌의 아스 술탄 사이드 빈 타이무르(As Sultan Said bin Taymur) 모스크. 현 술탄(Sultan)의 아버지인 직전 술탄의 이름을 딴 곳이다.

집 근처에 신축 중인 모스크. 공사용 조명등으로 미루어, 완성되면 야경이 무척 아름다울 것으로 예상된다.

공원에 전시되어 있는 시대를 초월한 오래된 베두인의 사진.

이유 없이 불을 밝혔지만 온화한 색조의 건물

카부스 가(Qaboos Street) 인근에 위치한 아즈 자와위
(Az Zawawi) 모스크. 낮에는 절대 볼 수 없었던 색깔을
야간에는 찾을 수 있다. 무더운 날씨 탓에 밤에도 차량
이 없는 조용한 거리를 즐기기가 참 어려운 여건이지만,
새벽녘에 무스캇 시내를 돌아다니다 보면 의외로 아름
다운 야경을 몇 군데 찾을 수 있다.

밤새 혼자 바쁜 공원의 분수

카부스(Qaboos) 대로변의 무스캇 상징물. 더운 곳이건 추운 곳이건 어둠은 모두에게 공평하다.

오만에 온 지 몇 주 되지 않은 어느 날, 한국에서 주말마다 하던 낚시가 그리워 무작정 차를 몰고 <u>시브</u>(Seeb) 근처의 바닷가를 헤맸다. 그동안 한번도 낚시하는 사람을 본 적이 없었는데, 두 시간을 달려 올라간 어느 마을의 작은 방파제에서 마침내 초로의 노인이 낚시를 하고 있는 것을 찾아냈다. 비록 한국과는 다른 방식에 다른 미끼로 낚시를 하고 있는 모습이 어설프게 보였지만, 반가움에 한참 쳐다보았다.

아무래도 낮 기온이 높다 보니 야외에서 낚시하는 모습을 찾아보기가 그리 쉽지는 않았지만, 낯선 땅에 와서 같은 취미를 가진 사람을 만난다는 것은 얼마나 큰 축복인지 모른다. 열대 지방의 울긋불긋한 색깔을 띤 요상한 모양의 물고기를 떠올릴 수 있겠지만, 실제로 이곳 바다 속은 넓은 인도양을 면하고 있어서 작은 물고기를 잡아먹는 대형 육식성 어류들이 의외로 많다.

그래서인지 대부분의 현지 낚시꾼들은 '오마'라 불리는 작은 물고기를 썰어서 바로 낚시 미끼로 쓰는 경우를 종종 볼 수 있다.

한국에 해적들의 출몰지로 잘 알려진 소말리아가 바로 오만 남쪽에 위치하고 있는데, 그 해역은 풍성한 어획량을 보장하는, 위험하지만 욕심이 가는 큰 어장이 형성되어 있다. 그날 오후에 나는 바로 술탄 쇼핑 센터(Sultan Shopping Center)에서 19리얄을 주고 낚시 도구를 구매했다. 이 어설픈 낚시 도구는 한국에서는 잘 사용되지 않는, 꽤 구식에 속하는 낚시 도구였지만, 1년 후 한국에서 공수해 온 낚시 도구를 가지고 진정한 낚시를 즐기기 전까지 나의 외로움을 달래주는 정말 고마운 벗이었다.

주말마다 단골로 즐겨 찾는 <u>이티</u>(Yiti) 해변의 낚시터에는 가끔씩 배를 몰고 고기를 찾아 따라 들어온 현지인 어부들이 우리 일행들과 신경전

을 벌인다. 어쩌랴, 생업이 낚시라면 취미가 낚시인 우리가 양보해야지.

자재부에 근무하는 타리크 알 나브리(Tariq Al-Nabri)는 아버지가 전 직 경찰 출신으로서 꽤 잘사는 축에 드는 오만 인이다. 어느 날 우연히 이야기를 나누다가 그가 낚시를 좋아한다는 것을 알게 되어 꼭 한 번 보트를 타고 낚시를 함께 가기로 약속을 했다.

모처럼 만에 바쁜 업무에서 해방된 주말 목요일. 타리크의 초청으로 그의 친구 파이잘(Faisal)과 보트를 타고 낚시를 가게 되었다.

알부스탄(Al-Bustan) 호텔 직전에 위치한 요트 선착장은 수도 무스캇 에서 가장 호화로운 보트들이 정박해 있는 곳으로, 나의 거창한 예상과 는 달리 타리크의 보트는 한국에서 섬 주변의 갯바위를 주로 옮겨 다니 는 작은 크기의 보트였다. 하지만 오만에서 접하는 첫 선상 낚시라 들 뜬 마음을 안고 그들을 따라 나섰다.

배를 다루는 솜씨들이 다소 엉성해 보이는 그들은 출발하면서부터 연료 주입 호스를 대충 끼워서 나를 불안케 하더니, 결국 나중에 돌아 오는 길에 연료를 바닥나게 하여, 나의 걱정이 기우가 아니었음을 다시 한 번 증명해주었다. 아직은 우리나라처럼 구명복 착용이나 출항 신고 등의 절차가 없이 기분 내키는 대로 출항할 수 있었는데, 인근의 인도나 이란, 예멘 등지에서 해상을 통한 밀입국이 많다는 사실을 익히 들어 알고 있던 터라 느슨한 법규정이 다소 의외이기는 했다.

파이잘이 일전에 큰 고기가 올라왔던 위치를 저장해놓았다며 휴대폰의 GPS 좌표를 찾아 옮기기를 수 차례. 하지만 작은 쪽배를 휴대폰에 맞추어 제자리에 정박시키기가 어디 쉬운가. 한편으론 답답하기도 하지만, 그 정성을 봐서 그만 옮기자는 말도 못 하고 낚싯대를 걸었다 풀었다 하느라 팔이 점점 아파온다. 낚시는 기다림의 미학이 아니던가. 참자.

인샬라(신의 뜻에 따라)…. 신의 뜻을 좇아 그저 이 순간을 즐기고 싶었다. 하지만 점점 높아가는 파도를 보더니 그만 돌아가야겠다고 재촉하는 그들을 보니, 신에 대한 맹목적인 믿음보다는 안전을 우선하는 듯하여 다소 마음이 놓이긴 했다. 한 번씩 입질을 받아 고기를 올리다 보면, 종래에는 반 토막은 다른 고기에 먹혀버린 채로 올라오기를 반복했다. 그러다 보니 처음에 그들의 채비를 보고 고래 잡으러 가느냐고 놀리던 말이 입에서 쏙 들어가버렸다. 실제로 낚시에 정체 모를 큰 놈이 걸린다면 좀 두렵기는 하겠다는 생각도 든다.

수도 무스캇은 남북으로 길게 뻗은 해변을 따라 형성된 도시로서 도시 어디에서나 해안가로 차를 몰고 나가면 10분 내에 해변에 도착할 수 있는 전형적인 해안도시이다. 아마도 하자르(Hajar) 산맥이 남북으로 길게 사막 지역과 해변 지역을 갈라놓아 해변을 따라 길게 도시가 생성될 수

밖에 없었으리라. 가끔씩 해변을 따라 걷다 보면 '오마'와 비슷하게 생긴 고기들이 밀려와 해변에 즐비한 광경을 볼 수 있다. 이유를 알 수 없는 이런 횡재는 가끔씩 공짜 미끼를 장만할 수 있는 좋은 기회를 준다.

아자이바 해변(Azaiba beach)는 오만 정착 초기에 머물던 한국 게스트 하우스가 있던 동네다. 덕분에 주말이면 고향을 생각하며 수시로 산책을 즐기고 낚시꾼들의 어깨 너머로 대리 만족을 느끼며 한나절을 거뜬히 보낼 수 있었던 향수 어린 곳이다.

바다에서 보트들이 들어오기 시작하면, 현장에서 바로 고기를 구매하기 위해 몰려드는 사람들도 구경하고, 가족들이 도착한 후에는 드라이브를 즐기며 이곳 바닷가 벤치에서 잠시 휴식을 취하기도 하던 추억이 생각난다.

대부분의 오만의 대도시들은 바닷가에 위치해 있기 때문에 나름대로 바닷가를 따라 적절하게 편히 쉴 수 있는 공간을 마련해둔 곳이 많다. 비록 마실 수 없는 바닷물이지만 사막에서 물을 접하며 생활할 수 있다는 것은 얼마나 행복한 일인가.

해안이 제공하는 또 하나의 엄청난 축복이 있는데, 바로 축구장이다. 이곳에서 축구를 제외하고는 스포츠를 이야기할 수 없다. 오죽하면 중동 지역 축구 매치에서 승리하는 날이 임시 휴무일이 되기도 했겠는가. 멀리 석양이 하얀 빛에서 붉은색으로 물들기 시작하면 얼굴마저 붉게 물든 한 무리의 사람들이 나타나 공을 차기 시작한다. 가뜩이나 척박한 토양에 해변의 부드러운 모래가 선물해준 축구장 역시 축복이다.

　무스캇의 바닷가에 인접한 해변에는 아름답게 정원을 꾸민 호화 주택
들이 밀집해 있기 때문에 좋은 눈요기 감을 제공해준다. 최근 몇 년 사
이에 오만을 강타한 싸이클론의 피해를 생각하면 쉬이 바닷가 쪽에 집
을 구한다는 것이 내키지만은 않는 일이지만, 그래도 여전히 이런 지역
은 인기가 높다.

바닷가라면 꼭 빠지지 않고 볼 수 있는 시설물이 하나 더 있다. 디솔리네이션 플랜트(Desalination Plant)라 불리는 담수화 시설인데, 대부분의 중동 국가에서 쉽게 바닷물을 담수로 바꾸기 위해 도입한 설비다. 비록 안심하고 먹을 수 있을 만큼의 고품질은 아니더라도, 이제는 오아시스를 찾아다니지 않고 인공 오아시스를 만들어내는 처절한 노력이 아름답지 않은가.

무스캇 디솔리네이션 플랜트(Muscat Desalination Plant) 외관

아자이바(Azaiba) 해변을 지나 남쪽으로 내려오는 해변은 관공서와 호텔들이 나타나기 시작하면서 사유화된 곳이 많아 일반인의 출입이 자유롭지 못하다. 샤티(Shatti) 해변에 이르러서야 탁 트인 바다가 다시 허락된다.

이곳은 평일에도 저녁 무렵이면 주차할 곳을 찾기 힘들 정도로 인기가 많은 곳이다. 길가에 즐비한 커피숍을 비롯하여 쇼핑센터가 밀집해 있어, 밤이면 이국적

인 분위기 때문에 외국인들이 많이 찾는다. 아내와 자주 쉬어가곤 했던 코스타 커피숍(Costa coffee shop)과 아직까지도 오만에서 가장 좋은 대추야자를 전문적으로 판매한다고 믿어지고 있는 바텔 숍(Batel shop)이 여기에 있다.

주말 오후 샤티 해변(Shatti beach)의 코스타 커피숍. 따사로운 햇살을 받으려 커피를 즐기는 사람들의 틈 사이로, 대머리 외국인 중년 남성과 히잡을 두른 현지 처녀들의 모습이 대조된다. 간간이 전통 복장을 입지 않고 이곳을 방문하는 오만 현지인들이 있다. 문화가 융합되는 좋은 현상인지, 아니면 동료 나세르(Nasser)가 우려한 것처럼 세상이 망할 징조인지는 좀더 두고 볼 일이다.

번잡한 상가를 조금 더 지나치면 몇 해 전에 싸이클론이 휩쓸고 가버
린 해안대로를 말끔히 정비하여 새롭게 태어난 해변이 나온다.

인도양의 바닷바람을 온몸으로
느끼며 연인 또는 가족과 함께 잠
시 들러 커피나 간단한 음식을 즐
길 수 있는 작은 가게들이 도로를
따라 즐비하다. 무엇보다 해변을
따라 계속 이어져 있는 도로변 주

차장이 방문객들이 주차 걱정 없이 어디서나 차를 세울 수 있도록 잘 배려되어 있다. 차 안에서 크게 음악을 틀어대며 질주하는 젊은이들은 이 거리에 좀더 생기를 불어 넣어주는 청량제가 된다.

다만, 퓨전 일본 음식점인 자팡고(Japango)는 야경만 감상하고 직접 음식을 먹지는 말기를 권장한다. 양과 맛에 비해 가격이 비싼 편이다.

많은 외국인들이 머무는 무스캇에서는 세계 각국의 음식들을 무난하게 찾아 먹을 수 있으나, 역시 본토와는 맛이 다를 수 있으므로 신중하게 선택하는 것이 좋다.

이제 무트라(Muttrah) 항구 방향으로 발길을 돌린다.

술탄 카부스 가(Sultan Qaboos street)에서 쿠룸 하이웨이(Qurum high way)

쪽으로 빠지면 무트라(Muttrah)와 루위(Ruwi)로 갈라지는 갈림길이 나온다. 조용한 해변을 한 번 더 보고 싶다면 잠시 루위 쪽으로 빠져 달사이트(Darsait) 동네로 빠져보자.

인근 무트라에 가려 좀처럼 외지인이 찾지 않는 이곳은 의외로 항구로 들어오고 나가는 배들과 파란 바다, 그리고 무스캇의 유일한 섬인 자이랏 알 팔(Jazirat Al Fahl)이 함께 어우러져 아름다운 광경을 선사한다.

동네 중간쯤을 지나가다 보면 노천에 드럼통으로 코스를 만들어놓은 운전 면허 연습장이 나온다. 줄무늬 차량이 운전교습 차량인데, 외국인이 면허를 따기가 상당히 어렵다고 알려져 있어서 어디서나 운전교습을 받고 있는 차량들을 쉽게 볼 수 있다.

가격은 흥정, 외국인에게는 바가지, 거칠게 운전함. 이 모든 것은 만국 공통인 택시에 대한 설명이다. 그리고 한 가지, 오렌지색 오만 택시는 미터기가 없다. 사전에 가격을 정하고 이용할 것.

별도의 시내버스가 없어서 외국인들은 자가용이 없을 경우 무조건 택시를 타야 하므로 렌트를 하지 않을 경우에는 필히 택시 기사와의 협상 내공을 쌓아야 한다. 오만에서 생활하려면 협상은 필수다. 환전할 때도 고시된 환율을 절대 믿지 말고 규모가 제법 되는 돈이면 필히 환율 협상을 해야 한다. 특히 골목에 있는 동네 환전소에서는 말이다. 비록 시설이 좀 열악하더라도 장거리 시외버스는 루위(Ruwi)에서 이용할 수 있으므로, 아래처럼 폴짝 뛰는 사슴 마크가 있는 표지판에서 기다리면 버스를 이용할 수 있다.

달사이트 해변(Darsait beach)은 무트라와 같은 번잡한 해변을 멀리하고픈 조용한 이들에겐 더없이 고요한 해변이다.

무트라 지역(Sultan Qaboos Port)

　무스캇 신시가지에서 본래의 구 무스캇으로 들어가는 길에 무트라를 거치게 된다. 술탄 카부스 대로를 달리다 보면 커다란 게이트(Gate)가 나오는데, 바로 무트라 입구이다.

그 옛날부터 항구로서 기능을 수행하던 곳이라 항구의 가장 높은 곳엔 옛 모습 그대로의 성(Castle)이 잘 보존되어 있다.

무트라 입구에서 가장 먼저 마주치는 곳이 어시장(Fish Market)이다. 무스캇 자체에서는 그리 어업 활동이 활발하지 않으나, 이곳이 수도이다 보니 각지의 많은 해산물들이 이곳 시장에 모이게 되고, 가끔씩은 문어나 횟감 등 우리네 입맛에도 맞을 만한 해산물을 구할 수 있다. 가끔씩은 신선한 오징어와 참치도 구경할 수 있다. 생선이라는 것이 이곳에선 손님에게 대접하는 귀한 음식의 범주가 아니라는 점이 가격을 낮추는 한 요건이 되어 우리에겐 다행이다.

무엇보다도 어시장의 백미는 이른 새벽에 넘쳐나는 활력과 사람과 생선 냄새가 범벅이 된 강렬한 생활의 향기를 맡을 수 있다는 점이다. 기후 탓에 모든 것이 느려 보이고 다소 느슨해 보이는 일상이지만 시장, 특히 어시장은 가끔씩 나의 늘어진 일상을 원 궤도로 다잡아주는 청량제가 된다.

얼핏 보기에도 팔뚝보다 굵은 참치가 아침부터 손님을 기다린다.

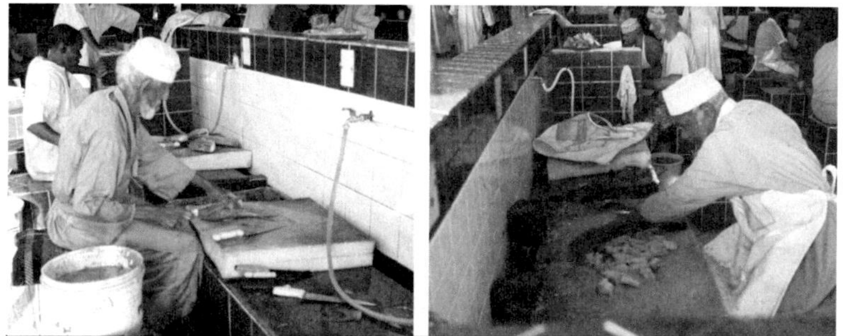

역시 이곳에서도 생선을 다듬는 칼잡이의 실력은 수준급. 단, 아줌마 칼잡이는 볼 수 없음.

시장 바로 옆에는 작은 선착장이 붙어 있어서 출항에서 갓 돌아온 작은 보트에서 고기를 떼어내는 작업이 한창이다. 아직도 펄떡거리는 고기와 무심한 척 보트를 외면하고 있는 고양이가 보인다.

술탄 카부스 항구(Sultan Qaboos Port)의 맞은편을 휘감아 도는 해안도로에는 대리석으로 산책로를 길게 만들어, 밤이면 많은 이들이 바닷바람과 항구의 야경을 즐기러 나오는 붐비는 거리가 된다. 단, 주차장이 비좁아서 차를 몰고 가기가 그리 녹록지 않다는 사실. 현지 오만 인들보다는 이국 땅에 돈을 벌기 위해 온 외국인 근로자들이 주말에 하릴없이 배회하는 곳이라 중동의 정감을 느끼기에는 2% 부족한 아쉬움이 있다.

개인적으로는 외국인에 대한 바가지 요금과 질 낮은 중국산 때문에 추천하지는 않지만, 무스캇을 방문하는 대부분의 관광객들이 한 번씩은 찾는다는 무트라 수크(Muttrah Souq, 시장)은 이 거리에 있는 유일한 횡단보도 옆에 있다.

가게 주인이 부르는 가격을 무조건 부정하고 협상을 즐기는 사람이라면, 꼭 한 번 방문하여 아라비아 상인과 입담을 겨루어보시길….

직접 생업에 종사하는 많은 부류의 인도 상인들이 시장을 점유하고 있어서 다소 오만이라는 느낌은 반감되지만, 알라딘의 요술 램프와 살 랄라의 유향등 오만을 대표하는 작고 아기자기한 공예품들이 많다. 꼬불꼬불한 골목을 두루 거치며 사람 구경하기에 딱 좋은 장소로 추천한다. 관광객에게 바가지를 씌우는 경향이 있으므로 되도록 현지에서 살고 있는 외국인인 것처럼 흉내를 내는 것이 물건 값을 깎을 수 있는 첫 번째 팁이다.

다른 손님들 틈에 끼여 있는 우리 가족들은 붐비는 시장통임에도 불구하고 다소 튀어 보인다. 이러면 흥정이 어려워진다.

오만 대표 공예품으로 꼽는 칸자 모형들

　시장 밖에 어스름한 달빛이 보이기 시작하면 산책 나온 사람들과 모스크로 기도를 드리러 오는 택시 기사들로 인해 시장 주변이 북적거리기 시작한다. 가장 주차가 힘든 시간이다.

　시장을 벗어나 다시 해안 길을 따라간다. 비록 작지만 아담한 휴식 공간들이 계속 해안선을 따라 나타나므로 마음이 가는 대로 멈추어 서서 사진을 찍어보자.

얼마 전 해적에게 납치된 삼호 쥬얼리 호를 구출하여 무스캇으로 이동했다는 소식을 듣고, 아침에 항구에 나가 총알 구멍이 숭숭 나버린 선체의 안타까운 모습을 목격했다.

이국 땅에서 보아서 그런지 같은 동포에 대한 안쓰러움은 확실히 고국에서와는 다른 기분이다.

리얌 공원(Riyam Park)

항구 지역을 벗어나면 5분 정도의 거리에 아기자기하게 꾸며진 작은 공원이 하나 있다. 넉넉한 잔디밭과 야간이면 작은 놀이시설들이 가동되는 리얌 공원이다. 주말 저녁 딱히 할 일은 없지만 바람을 쐬러 가고플 때면 식구들과 함께 작은 돗자리를 깔고 책도 보면서 날이 으슥해지기를 기다려 즐겁게 시간을 죽이던 곳이다.

아이들이 좋아할, 아기자기하게 꾸며진 잔디밭

비록 큰 놀이기구에 비할 바는 못 되지만 나름대로 기구들의 특성을 느껴볼 수 있는 놀이 공원이다. 작다고 얕볼 수만은 없는 이유가 까무러치게 놀라서 울고 있는 애들을 볼 수도 있었기 때문이다. 두려움은 그 대상의 크기에만 비례하는 것은 아닌 모양이다.

공원 정상에는 향을 피우는 향로 모양을 형상
화한 대형 조형물이 공원의 랜드마크로 자리
잡고 있다. 야간에 무트라에서 가장 돋보이는
조형물이다.

리얌 공원 맞은편 바닷가에도 칼부 공원(Kalbuh Park)이 있다. 휴식을 위한 작은 그늘이 많아 시원한 바람을 즐기며 항구 방향의 아름다운 정경을 즐길 수 있다. 다만 날씨가 좋아서 모래바람이 없는 날에만.

공원 내에는 가벼운 스낵을 파는 곳이 있어서 따로 음식을 준비해가지 않더라도 한 끼 정도는 때울 수 있다.

공원 끝자락의 바다 쪽은 예전에 싸이클론이 할퀴고 간 상처가 복구되지 않은 채로 남아 당시의 위력을 알게 해준다. 무너져 내린 옹벽의 잔해에 붙어 있는 해산물을 채취하느라 바쁜 엄마와 소년이 보인다. 기대하지 못했던 재앙만큼이나 아픈 흔적은 또한 기대하지 못했던 또 다른 즐거움도 안겨준다.

공원을 떠올릴 때면 기억에 남는 다른 두 곳의 공원이 있다. <u>와디 알카비르공원</u>(Wadi Al-Kabir Park)은 한 켠에는 아이들을 위한 놀이 시설이 있고, 그와 함께 덩치가 우람한 나무들이 아낌없이 그늘을 제공해준다. 도심에서 벗어나 잔디에 양탄자를 깔고 하루 좀 푹 쉬고 싶을 때 추천하고 싶은 곳이다.

<u>구브라</u>(Guhbrah)의 <u>호텔 체디</u>(Hotel Chedi) 인근에 위치한 호수 공원(Lake Park)은 집에서 가깝다는 이유로 가장 즐겨 찾았던 작은 공원이다.

놀이터를 뛰어다니며 즐기는 오만 아이와 우리 딸. 뛰어 노는 데는 옷은 거추장스럽지 않나 보다. 다만 나이가 문제겠지.

이곳은 바다와 연결된 호수를 끼고 있어서 다소 습한 기운이 느껴지지만, 가까운 거리 탓에 우리 식구들과 정이 많이 들었다. 사람이나 공원이나 일단은 가까이에 있고 볼 일이다. 지도, 돗자리 그리고 여유만 가진다면 무스캇도 참 살 만한 곳이다.

은행, 야채시장, 길거리 페스티벌

무스캇 은행(Bank Muscat)

은행에 계좌를 개설하러 무스캇 은행(Bank Muscat)에 갔다. 신청 후 계좌 개설을 증빙하는 통장 대신 수기로 쓴 카드 한 장만 주고 SMS 메시지를 기다리란다. 연락 오면 그때 와서 현금 카드를 수령해 가란다. SMS를 보내는 것까지는 정상적인 절차로 받아들여졌는데, 웬걸 이놈의 것이 다 됐다는 연락이 아무리 기다려도 오지를 않는다. 몇 주 후 메시지를 받고 급하게 은행으로 갔다. 그러자 통장은 별도로 주지 않고 카드만 달랑 준다.

그런데 이 인터넷 뱅킹이라는 것이 조회 전용이다. 이체도 안 된단다. 뭔가 느껴지는 불협화음. 마치 조개 껍데기로 물품 거래를 하다가 어느 날 갑자기 인터넷을 도입하느라 화폐가 중간에 없어져버린 듯한 묘한 당혹감. 하지만 그래도 은행에서 출금하고 송금하는 데 텔러 서비스(Teller service)를 꼭 이용해야 한다는 사실은 얼마나 인간적인가. 문서보다는 그래도 서비스를 텔러(Teller)에게 말로 요청하고 눈길을 마주하며 직접 눈앞에서 처리하는 것이 더 인간적인 것인지, 아니면 더 불편한 것인지는 아직도 결론 내리지 못하고 있다.

술탄의 왕국답게 모든 통용 화폐의 지폐에는 오직 술탄만이 얼굴을 올릴 수 있다. 화폐를 다시 도안하지 않기 위해서라도 왕이 자주 바뀌는 일은 없어야 할 것도 같다.

하지만 독재국가를 연상해서는 안 된다. 대부분의 국민들이 존경하는 분으로 아무도 화폐 도안에 대하여 이의를 제기하지 않는다.

음란한 사진 배포 혐의

재미있는 신문 기사 하나가 눈에 띈다. 이브라(Ibra) 법정에서 8개월의 형량과 벌금 40 RO(12만 원)를 구형했는데, 죄목이 음란사진 배포 혐의란다.

그리고 이 사진을 여자들에게 전송한 사람에게는 징역 6개월에 벌금 4,000 RO가 부과되었다고 한다. 이 벌금은 그대로 포르노 사진을 받은 여인에게 위로금으로 전달되었다니 참으로 인간적인 형법이다. 가뜩이나 엄격한 무슬림 국가에서 이런 일이 발생한 것도 놀랍지만, 의외로 이런 사실까지도 뉴스 거리가 되는 걸 보면 아직은 착하게 사는 나라가 아닐까 하는 기대감도 가져본다.

❖ 야채 시장에 가다

　　나른한 주말을 즐기며 애써 늦잠을 청하는 나를 아내가 엄청 몰아세운다. 뒹굴지 말고 김장할 야채나 사러 시장에 가자는 독촉이다. 몇 번두큼 가는 길에 지나쳐 가기만 했었던 시장이라 그런지 문득 호기심이일어 카메라를 둘러메고 시장으로 향한다.

　　이곳이나 한국이나 시장은 사람 사는 냄새가 난다. 이른 아침이지만저마다의 꿈을 이루기 위해 치열하게 새벽을 열러 온 사람들, 곳곳에서흥정한답시고 야단 법석이고 뭔가 정리되지 않은 듯 어수선하지만 사람땀 냄새가 풀풀 풍기는 곳.

　　수레를 끌고 간다기보다는 오히려수레에 의지하여 걸어 다니는 듯 보이는 나이 지긋하신 할아버지. 열악한기후는 모든 사람을 마음보다 더 늙어 보이게 만든다. 도시의 에어컨 아

래서 태어나 자라온 사람들과는 달리, 수도 무스캇을 벗어난 오지에서
는 대부분의 사람들이 실제 나이보다 10년 이상은 나이가 더 들어 보이
는 경우가 많다. 아직도 기대 수명이 60대로 알려진 이곳. 가혹한 조건
은 육체적으로 심적으로 이들을 더 빨리 철들게 하고, 때론 죽음조차도
좀더 의연하게 받아들이도록 해준다.

열심히 바나나를 나르며 좋은 값에 물건을 떼어왔는지 함박웃음이 가득하신 아저씨와 요리조리 날 뜸
어보던 총각은 용기를 내어 카메라 앞에서 포즈를 한 번 잡아주시네.

어디에나 있는 야채를 운송하는 장거리 운전
사들은 장이 한창인 시각이 휴식 시간이 되어
널린 빨래와 함께 이제서야 잠을 청한다. 인
구 밀도가 낮고 국토가 넓은 나라에서는 이들
물류를 담당하는 이들이 산업 역군이다.

어느 신문에 나온 2kg짜리 오이가 놀랍다. 사마일(Samail)에 있는 농부 칼리 빈 무바라크 알 하다비(Khalil bin Mubarak Al Hadabi) 씨가 재배했다는 놀라운 오이. 기대할 수 없는 풍토에서 나온 농산물이라 더욱 화제가 된 것 같다.

무스캇 인근의 각 거리마다에는 저마다의 특색이 있는 가로등들이 많아 조금만 관심을 가지면 가로등을 보는 재미도 느낄 수 있다. 관심을 가지는 만큼 이 세상은 볼 것도 많고 느낄 것도 많은 곳이다.

길을 가다가 아름답게 길거리를 장식한 가로등을 한 컷.

도로변 한 켠에 새로 꽃 모종을 심어놓은 화단이다. 여느 중동 국가가 다 그러하듯 모든 길가의 꽃들은 그물처럼 촘촘히 물을 공급하는 호스가 함께 깔린다. 때로 아름다움은 큰 희생과 비용을 요구하기도 한다.

알 부스탄(Al-Bustan) 거리를 달리다 보면 도우(Dhow, 전통 목선)를 중앙에 배치해놓은 R/A이 나온다. 배의 아래쪽에서 물이 솟아나오도록 만들어 상당히 정성과 돈이 들어간 조형물이다. 호텔 앞이라 하더라도 매번 꽃이 바뀌는 걸 보면 이 또한 엄청난 돈으로 치장된 무스캇 조경의 한 단면임을 알 수 있다.

이곳부터는 이제 칸탑(Qantab)이나 이티(Yiti)로 빠지는 외곽이 시작된다.

주말에 낚시를 가기 위해 꼭 통과하는 와디 카비르 로터리(Wadi Kabir R/A[Round About])에는 오만의 전통 항로(바할)를 형상화한 커다란 조형물이 있다. 처음 이 조형물을 접했을 때 무슨 용도인지 전혀 몰랐는데 1년이 지난 후 자연스럽게 알게 되었다. 다른 곳에 가서 터 잡고 살기 시작하면 좀더 빨리 물어보고 좀더 가까이 이국적인 문화와 친해져야겠다는 생각을 늘 일깨워주는 R/A이다.

무트라 수크(Muttrah Souq) 시장에서 팔고 있는 도파르(Dofar) 향료와 향을 피우는 바할(향료를 태우는 향로).

집 근처 바우셔(Bousher)의 한적한 골목길을 재미 삼아 돌아다니다가 눈에 띈 옛날 건물의 흔적인데, 보존을 위한 시설물도 없지만 그렇다고 누가 일부러 망가뜨리려 만진 흔적도 없는, 그저 세월이 어루만진 흔적만 남아 있는 이 모습에서 이곳 사람들의 마음을 조금이나마 이해할 수 있다. 신의 뜻대로 그냥 되게 하소서.

라마단(Ramadan)에 자주 보이는 등을 형상화하여 조형물 속에 잘 배치
해놓은 R/A 장식품. 내가 본 R/A 중에 가장 아름다운 조형물이다.

　법적으로 일반 외국인의 토지 및 주택 소유가 어렵다 보니 우리 같은 외국인은 1년치 월세를 납부하고 오만 주인에게서 집을 빌려 살 수밖에 없다. 별다른 산업 기반 시설이 없는 곳이다 보니 우리에게는 다소 억울한 면이 없지 않지만, 월급이 많지 않은 현지인이라면 목돈을 만질 수 있는 유일한 대안이라 생각하니 다소 이해가 된다. 몇 집 걸러 한 집씩 대여(Rent)를 알리는 광고가 또 하나의 무스캇의 상징이라 해도 과언은 아닐 듯. 하지만 집배원도 없는 나라에서 집에 번지 수는 참 잘도 붙여 놓았다.

2011년 10월은 투표 이야기가 화제가 되고 있다. 슈라 의회(Shura Council)의 멤버를 뽑는 투표가 진행되었는데, 의외로 올해는 여자 후보들의 이야기가 많다. 특히 여성들이 적극적으로 투표에 참여하고 있다는 내용과 이제는 과거와 달리 남편이 시키는 대로만 투표하는 여성이 줄어들고 있음이 화제 거리다.

1992년에 시작된 슈라 의회 투표로 뽑히는 당선자들은 국정에 관여하는 결정을 하지는 않지만 술탄 카부스의 명으로 정부 운영에 관련한 발언을 할 수 있도록 약속을 받았는데, 이런 작은 시도들이 타 중동 국가와는 달리 오만에서 재스민 혁명이 끝까지 타오르지 않고 잘 마무리된 이유가 아닐까 싶다.

2011년의 투표는 7번째로 시행되는 투표로서 마즈리스 알 슈라 선거(Majlis Al Shura elections)라고 공식적으로 불린다. 84명이 선출되면 총 61개의 윌라이얏(Wilayats)을 각각 대표하게 되는데, 4년마다 바뀐다. 21세 이상의 성인 남녀가 투표권이 있으며, 3만 명 이상이면 2명을 선출한다. 투표자에 한하여 휴무가 허용되며 올해는 521,206명이 등록된 투표자라고 한다. 올 해는 1,133이 후보로 나왔고, 그 중 여성이 77명이다.

시골에서는 여성 후보를 별로 볼 수가 없지만, 수도 무스캇에는 곳곳에 여자 후보들의 사진이 많이 걸려 있다. 아직도 수도와 지방 간에는 여자들의 의식이나 정치적 참여도에 있어서 차이가 많이 나는 것으로 볼 수 있다. 하지만 아쉽게도 선거 결과는 여자 1명 당선.

❖ 지붕 없는 터키 레스토랑

식구들과 한 번씩 외식을 하게 되는 경우에 비싼 일식 집보다는 그래도 다소 가격이 저렴한 터키 레스토랑을 많이 찾는다.

싼 맛에 많이 길들여져 버린 우리 식구들은 지붕 있는 번듯한 건물에 들어선 다소 비싼 식당보다는, 노천의 지붕 없는 터키 식당을 자주 애용하곤 했었다. 몇 번 찾아가지 않았는데도 단골 대접을 받게 된 이 식당은 간판에 음식 사진과 번호를 붙여놓아서 이곳 음식 문화에 익숙하지 않은 낯선 이방인도 마음 편히 음식을 주문할 수 있게 배려해놓았다.

처음 방문했던 날, 얇게 구워낸 호비스를 주는 대로 다 먹고 나서 다른 음식을 미처 다 먹지 못했던 기억이 난다. 가게의 차림새에 어울리지 않게 함께 나온 소스가 우리 입맛에 너무 맞는 것 같아서 정신 없이 호비스에 발라 먹다 보니 너무 빨리 배가 불러버린 탓이다.

식사 시간을 놓쳐 이곳을 찾는다면 호비스에 샐러드와 소스만으로도 든든한 한 끼 식사가 된다는 사실. 거기에 케밥이나 치킨 그릴 하나면 싼 값에 한 끼 식사 끝.

우리와 비슷하게 모든 공공 기관에는 오만 국기가 걸린다. 건물에 오만 국기가 걸려 있다면 외관을 꼭 유심히 보아야 한다. 나름대로 전통적인 문양이나 건축 양식을 가미하여 지어진 것으로 통일성을 발견할 수 있다. 특히 야경이 꽤 아름다운 건물이 많다.

술탄 카부스 거리는 수도 무스캇의 대동맥이며 모든 거리 조경의 중심에 있다. 집에 물이 안 나와도 카부스 거리의 조경을 위해 물이 뿌려지고 있다고 해서 놀랄 일은 아니다. 오만의 자존심과도 같은 거리이기 때문이다.

매년 11월이면 카부스 대로를 장식하는 오만 국기와 특별한 야간 조명을 볼 수 있다. 국왕의 생일인 국경일(National Day)와 이슬람 신년을 겸한 기간에는 이 거리가 가장 화려하게 꾸며지는 기간이다.

국경일(National Day) 기간 중에 곳곳에서 볼 수 있는 술탄의 사진들. 대형 건물 벽면이나 도로변 곳곳에 이 날을 기리는 술탄의 사진이 너무나 자연스럽다.

휴대폰 바탕 화면에도 술탄의 사진을 등록해놓고 쓰는 사람들이 있는데, 이는 존경의 표현이지 국가가 주도하는 맹목적인 추종과는 다른 개념이다.

다르시 키친(Darcy Kitchen)은 MSQ(Madinat Sultan Qaboos, 술탄의 마을)에 있는 작은 식당이다.

바로 옆 금룡(Golden Dragon)에서는 퓨전 중국식 요리를 대신 먹을 수도 있다. 또 African+Eastern Liquid Shop과 OUA Liquid Shop이 지척이라 면허증(Permit)만 있으면 술을 구할 수 있다. 이 두 곳에서 구할 수 없는 술은 오만에서 구할 수 없다고 봐야 한다.

줄지은 차들이 다 주당들의 차는 아니다. 그냥 주차장이라서…

알 페어(AL-FAIR)는 루루(LU-LU)와는 다소 차별화된, 약간 고가의 상품이 진열되어 있다. 하지만 무엇보다 간절히 돼지고기가 먹고 싶을 때, 아쉬운 대로 냉동 돼지고기라도 구입할 수 있는 곳.

주류 면허가 없더라도 언덕 위에 위치한 레프트뱅크 레스토랑(Left Bank)이나 호텔을 방문하면 주당을 구원하는 길이 있으니, 그래도 살 만한 곳이 아닐까.

❀ 무스캇 축제(Muscat Festival)

2월이다. 무스캇 페스티벌 시즌이 왔다. 시민들에게 인위적인 오락 거리와 전통 문화에 대한 소개를 제공하는 기회가 되는 축제이다.

아직 선선한 날씨 덕에 많은 사람들이 밤인데도 많이들 몰려 나왔다. 타투(Tattoo)를 해주는 부스(Booth)에서 우리 딸이 손 하나를 헌사했다.

시내에도 여기저기에 타투를 해주는 집이 주택가에 있는데, 3년이 지나도록 아직도 아름답다는 생각이 안 드는 건 남자라서 그런 건가.

도자기를 만들던 할아버지는 일부러 카메라를 외면하며 딴청을 부리신다. 쑥스러워서일까, 귀찮아서일까.

그냥 밀가루를 굽고 계란을 발라 구워내는 음식인데, 비법은 다 만들고 나서 꿀에 찍어 먹으라는 것. 신기해서 사먹었는데 우리 식구들을 다른 외국인들이 더 신기한 듯 쳐다보았다.

요란한 소리가 나기 시작한다. 춤판이 벌어졌다.

남녀가 함께 어울려 즐기는 유일한 광경. 여기도 춤판에서는 동석.

리듬과 춤사위가 단순해서 쉽게 어울릴 수도 있을 듯했지만, 역시 이방인은 아무 데나 쉬이 낄 수는 없는 신세.

우리 가족 뒤쪽에 자리 잡은 현지 여인들. 밤에 보니 흰색보다 검은색이 더 무섭다. 사람인지 귀신인지…

십자가를 보고 병원을 찾으면 안 되는 곳이다. 붉은 초승달이 이슬람교를 상징한다고 하는데, 왜 병원에도 붙어 있는지는 의문이다. 아마도 영혼과 몸을 치유하는 같은 목적이라서…? 돈이 많은 나라라서 의료 보험은 잘되어 있는데,

병원

아직도 많은 현지인들은 큰 병이나 정밀 건강검진을 받을 때는 믿음이 안 간다며 해외에서 진료를 받는 경우를 많이 보았다. 인도인이 의사들의 주류를 이루고, 병원 행정 업무는 오만 인이 맡는 걸 많이 볼 수 있다. 돈은 자국인이, 피는 외국인이 보는 건가.

몬순이 지난 어느 날, 전봇대를 씻어주는 광경을 목격한다. 너무 먼지가 많아서 가끔씩 오작동이 생긴다고 하는데, 저 많은 전봇대를 누가 다 씻어낼는지.

무스캇에서 아마랏(Amarat)으로 넘어가는 산길이 개통된 날, 처음으로 산 위에서 내려다 본 무스캇 시내 전경. 고층 빌딩이 별로 없는 고즈넉한 한국의 읍내 같은 느낌이 들어 마음에 들었다.

루루, 아 루루. 루루 하이퍼 시장(Lu-Lu Hyper Market)이다. 3년 동안 우리 식구들의 식탁을 책임진 가장 친근한 시장이다. 중동 전체에 체인점으로 운영되므로 UAE에 가서도 찾을 수 있다.

아자이바(Azaiba) 거리 골목의 어느 잘 꾸며진 집 앞에서 자라고 있는 대추야자. 정원을 멋지게 단장하고 사는, 좀 있다고 하는 집이라면 대추야자 한 그루는 마지막 화룡점정이다.

09
무스캇 인근

무스캇 주변 지역

　수도 무스캇은 전체 오만 인구의 거의 반이 살고 있는 단연 오만 최대의 도시이다. 수도라는 이점 때문에 많은 편의시설이 있는 것은 당연한 일이겠으나, 주변에는 국왕과 관련된 왕궁이나 아름다운 해변도 곳곳에 위치하여 제법 많은 볼거리를 제공해준다. 무스캇의 북쪽 지역은 두바이로 가는 길을 소개할 때 이미 소개한 적이 있으므로 남쪽으로 한 번 돌아다녀 본다.

　대부분의 주거시설이 존재하는 무스캇은 신도시이다. 실제로 옛날부터 무스캇이라는 지명을 얻게 된 것은 남쪽에 위치한 구 무스캇(Old Muscat)을 일컫는 말이다. 이곳에는 각종 외국 국빈을 접견하는 술탄의 왕궁이 있다.

　술탄은 모두 4개의 왕궁을 가지고 있다. 무스캇에는 알 알람 궁(Al Alam Palace)가 있고, 북쪽의 시브(Seeb)를 지나면 알 시브 궁(Al Seeb Palace)이, 남쪽 살랄라에는 알 호슨 궁(Al Hosn Palace)과 알 리밧 궁(Al Ribat Palace)이 있는 것으로 전해진다. 어느 왕궁에 현재 술탄이 머물고 있는지는 알 수도 없지만, 알려고 해서도 안 되는 것으로 알려져 있다.

　행정 구역상 남쪽의 쿠리야트(Quriyyat)까지가 무스캇에 해당하는 구역이지만, 알 알람 궁(Al Alam Palace)을 지나면서부터는 무스캇 외곽으로 보는 것이 나의 개인적인 기준이다. 왜냐하면 그곳으로부터 낚시가 가능한 해변이 많이 나오기 때문이라는 주관적인 기준 때문이다.

　여러 개의 술탄의 궁전 중에서 가장 일반인의 접근이 용이한 곳이 알 알람이다. 궁전 바로 앞쪽까지 일반인의 관람이 허용되는 곳이라 자의든 타의든 대부분의 관광객들이 한 번씩은 둘러보게 되는 열린 공간이다. 이 궁전 덕택에 술탄이 국민들과 별로 멀리 떨어져 있지 않다고 느끼게 된 것은 나만의 상상일까 아니면 술탄의 의도일까.

예전의 사진을 보면 궁전 뒤쪽으로도 일반인의 통행이 가능했던 때가 있었는데, 지금은 엄격히 통제가 되어 바다와 인접한 뒤쪽의 절경을 보지 못하는 것이 못내 아쉽다.

왕궁을 지나 조금 더 가면 시답(Sidab)을 지날 때쯤 해변 쪽에 있는 커다란 요트 계류장을 볼 수 있다. 이곳에는 가끔씩 함께 낚시를 갔던 타리크 알 나브리(Tariq Al Nabri)의 작은 보트도 정박해 있다. 보트가 없는 사람은 출입을 할 수 없는 곳이다.

무스캇에 위한 알 알람 궁전의 모습. 주변에 국가 재정부 등의 힘있는 정부 기관이 함께 위치해 있다.

외곽을 돌면 자주 눈에 띄는 언덕 위의 TV 위성 수신 안테나. 시내에서는 빌딩 지붕에 설치될 접시들이 외곽에서는 인근의 높은 곳을 골라 소통하려는 몸부림을 대변하고 있다.

추수할 계절이 지나면 길거리의 대추야자 열매도 찬밥 신세가 된다. 제철이 지나면 모든 것은 홀대 받기 마련이다.

비록 수도이기는 하나 어느 곳을 가든 볼 수 있는 암벽으로 된 산들이 도로 주변에 계속 이어진다. 그래서 번화한 시내를 벗어나 외곽으로 나갈 때는 항상 사고를 조심해야 한다. 아직도 자동차는 자연을 이길 수는 없다.

알 부스탄(Al Bustan) 호텔

본격적으로 외곽으로 접어들기 직전 다시 바닷가 쪽에 보이는 아름다운 건물이 있다. 중동 지역에서도 손꼽히는 5성급의 아름다운 호텔이 있는데, 바로 알 부스탄 호텔이다. 정부에서 운영하는, 국빈들이 머무는 호텔로 현재는 리츠칼튼(Ritz-Carlton)이 운영을 맡고 있다.

뒤로는 산을, 앞으로는 바다를⋯ 배산임수? 알부스탄 호텔의 아름다움은 바다 쪽에서 바라보았을 때 주위의 자연과 어우러진 참 모습을 느낄 수 있는데, 항상 옅은 먼지에 둘러싸여 깨끗한 촬영이 쉽지 않다.

알 부스탄 호텔 입구. 출입 제한이 없으므로 내부까지 둘러보고 나올 수 있다.

위로 갈수록 점점 면적이 넓어지는 이 구조는 술탄 카부스(Sultan Qaboos) 대학 건물에도 적용되어 있는데, 위층 전체가 아래층에 그늘을 제공해 주는 참으로 영리한 발상이 아닐 수 없다.

역 사다리꼴의 SQU(Sultan Qaboos University) 전경

호텔 외곽의 바다 쪽으로는 바다 경치를 감상하며 수영을 즐길 수 있는 멋진 풀장과 정원이 있다.

내부에는 점심 메뉴가 꽤 괜찮은 뷔페 식당과 아랍 풍으로 꾸며진 휴식 공간도 메인 로비(Main Lobby) 옆에 있다. 경제적인 여유가 있고 무스캇에 집을 가지고 있지 않다면 숙박 강추.

콴탑 해변(Quantab Beach)

알 부스탄을 지나 루위(Ruwi) 방향으로 빠지지 않고 바다 쪽으로 빠지면 작은 해변에 당도하게 되는데, 이곳이 콴탑이다. 이곳은 시내에서 그리 멀지 않은 곳에 자리 잡은 작은 해변으로, 넓지는 않으나 하이킹이 가능한 야트막한 구릉 지대와 옛 건물들의 잔해가 조금씩 인상 깊게 남아 있다. 날이 시원해지면 나무그늘에서 가족들과 여유를 즐길 수 있는 장소를 몇 군데 찾을 수도 있다.

콴탑 입구에서부터 바닷가까지는 가로수를 심어놓아 쉽게 길을 찾을 수 있다.

해변에는 일정 금액을 지불하면 손님을 배에 태우고 주변을 한 번 둘러 오는 현지인들이 호객 행위를 열심히 하고 있다. 체력이 허락한다면 해변 왼쪽의 언덕으로 올라가서 바다 끝까지 난 산책로를 따라 걸으며 보트에서도 즐길 수 없는 아름다운 경치를 둘러볼 것을 강추한다.

보트를 탈 돈으로 음료수나 사서 걸으며 바람과 경치와 자연을 느끼는 것이 훨씬 낫다.

해변에 다다르기 전까지 나무 아래서 여유롭게 쉬고 있는 많은 사람들을 볼 수 있다. 여름만 피한다면 지인들과 고기라도 구워 먹고 싶은 곳이다.

이곳에 예전부터 사람들이 살았던 주거지가 아직 스러지지 않고 남아 있다.

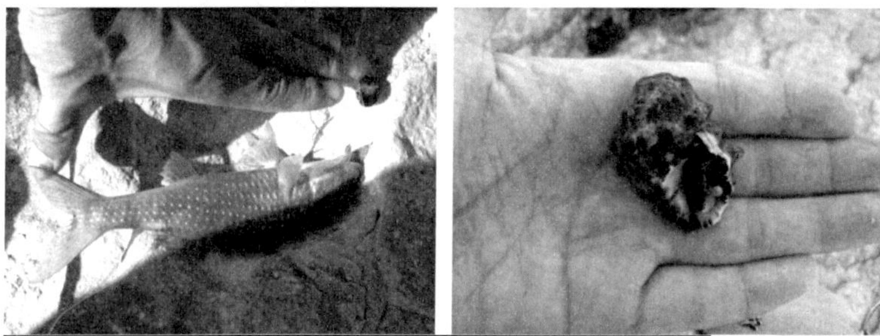

낚시를 하며 잡아 올린 무지갯빛 요상한 고기와 껍질이 두터워 엄청 커보이는 고동.

해변 앞쪽에 자리잡고 있는 예쁜 섬 하나. 해변으로 직행하지 말고 오른쪽 산등성이로 잠시 차를 몰고 올라가는 수고를 하면 좀더 아름다운 풍경을 볼 수 있다.

샹그릴라 리조트 전경

이티(Yiti) 해변

오만에 있는 동안 나에게 그나마 낚시의 즐거움을 선사해준 가장 고마운 해변이 이티(Yiti) 해변이다. 콴탑에서 계속 길을 달려 잘 알려져 있지 않은 비포장을 20분쯤 달리면 당도할 수 있는 작은 해변이다. 마을이 있는 반대편의 모래 사장은 잘 알려져 있어 여러 사람이 찾곤 하지만, 이곳 방파제 쪽은 잘 알려져 있지도 않고 조용하여 그나마 조용히 낚시를 즐길 수 있는, 손에 꼽을 정도로 귀중한 곳이다.

한국에서도 쉽지 않은 감성돔 조과를 여기에서는 실컷 맛보았다.

새롭게 도로가 뚫린 이티는 예전보다 훨씬 방문이 쉬워져 주말에 가족단위 휴식을 위해 한 번씩 찾는 사람들이 많다. 해변에 닿기 전에 마을 맞은편에는 예전에 싸이클론이 휩쓸고 간 자리가 편편하게 다져진 곳이 있어서 쉴 곳도 많으니 한 번 둘러보면 좋을 듯.

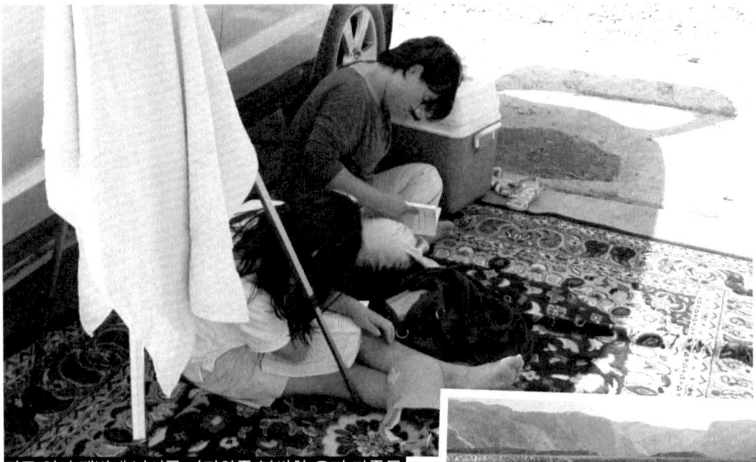

죄도 없이 땡볕에 낚시를 따라와준 불쌍한 우리 가족들.

그만 아들 녀석은 더위에 폭삭 주저앉아버리고. 몇 번을
가족들을 데리고 낚시를 왔었던 곳이지만, 언제나 아내
와 딸은 낚시에 재미를 느끼지 못하는 듯.

해변 직전에 진행 중인 대규모 매립 공사로 예전의 아름다운 해변의 정취가 약간 퇴색되고 있다.

몇 년 전 싸이클론의 상처가 아직도 조금씩 남아 있는 와디(Wadi)

주변을 둘러싼 매립지 때문에 바다와 떨어져 고립되어버린 불쌍한 이티 바위(이것은 내가 직접 붙인 별명)

와디에서 흘러나온 물이 모여 아주 작은 연못을 동네 앞에 만들었다. 모래에 차가 빠지는 것만 주의한다면 즐겁게 즐길 수 있는 이티 해변이다.

시파(Sifah) 비치

이티 해변으로 가는 길에 오른쪽으로 나 있는 작은 도로를 따라 들어서면 시파 비치로 향하는 길을 만난다. 아는 사람들만 드라이브 코스로 즐기는 이 길 또한 내가 사랑하는 또 하나의 아름다운 길이다. 이 길은 따라서 쭉 가기만 하면 길을 잃을 염려는 없지만, 그렇게 되면 주변의 숨어 있는 아름다운 경치를 놓치기 쉬우므로 자주 차를 세우고 주변을 둘러보는 여유가 필요하다.

길가에 얼핏 보이는 작은 어촌의 모습

잠시 차를 세우고 즐기는 한가로운 해변의 전경. 사진에 보이는 배는 3년 동안 한 번도 움직이는 것을 본 적이 없다.

꼬불꼬불한 해안을 따라 달리다 보면 이곳이 바다인지 호수인지 구분할 수 없는 조용한 곳도 만나고.

아직 사람의 손이 덜 탄 산 속에는 당나귀들도 있고.

와디(Wadi) 표지판을 보고 들어갔다가 막다른 곳에 이르기도 하고.

막다른 곳에서 조우하는 뜻하지 않은 따스한 풍경

시파 해변 초입에서 보게 되는 몇 년 전의 싸이클론의 흔적과 그 상처를 묵묵히 지켜보고 있는 오래된 요새(Fort)

해변을 지나 조금 더 가면 본격적인 택지 개발이 한창인 공사장이 나온다. 이 공사장을 지나면 기암괴석이 있는 해변이 나오는데, 돌을 수집하는 사람들에게는 좋은 장소이지만 찾기 쉽지는 않다. 길이 없는 비포장으로 산 아래로 가서 염소를 키우고 있는 베두인들의 집을 막 지나 해변으로 다시 내려오면 되는 곳이다.

개발의 손때를 타기 시작했지만 아직은 아름다움과 한적함을 함께 지니고 있는 시파 해변.

　아는 만큼 여유와 아름다운 풍경을 즐길 수 있는 무스캇은 방문자들에게 좀더 많은 사전 학습을 요구한다.

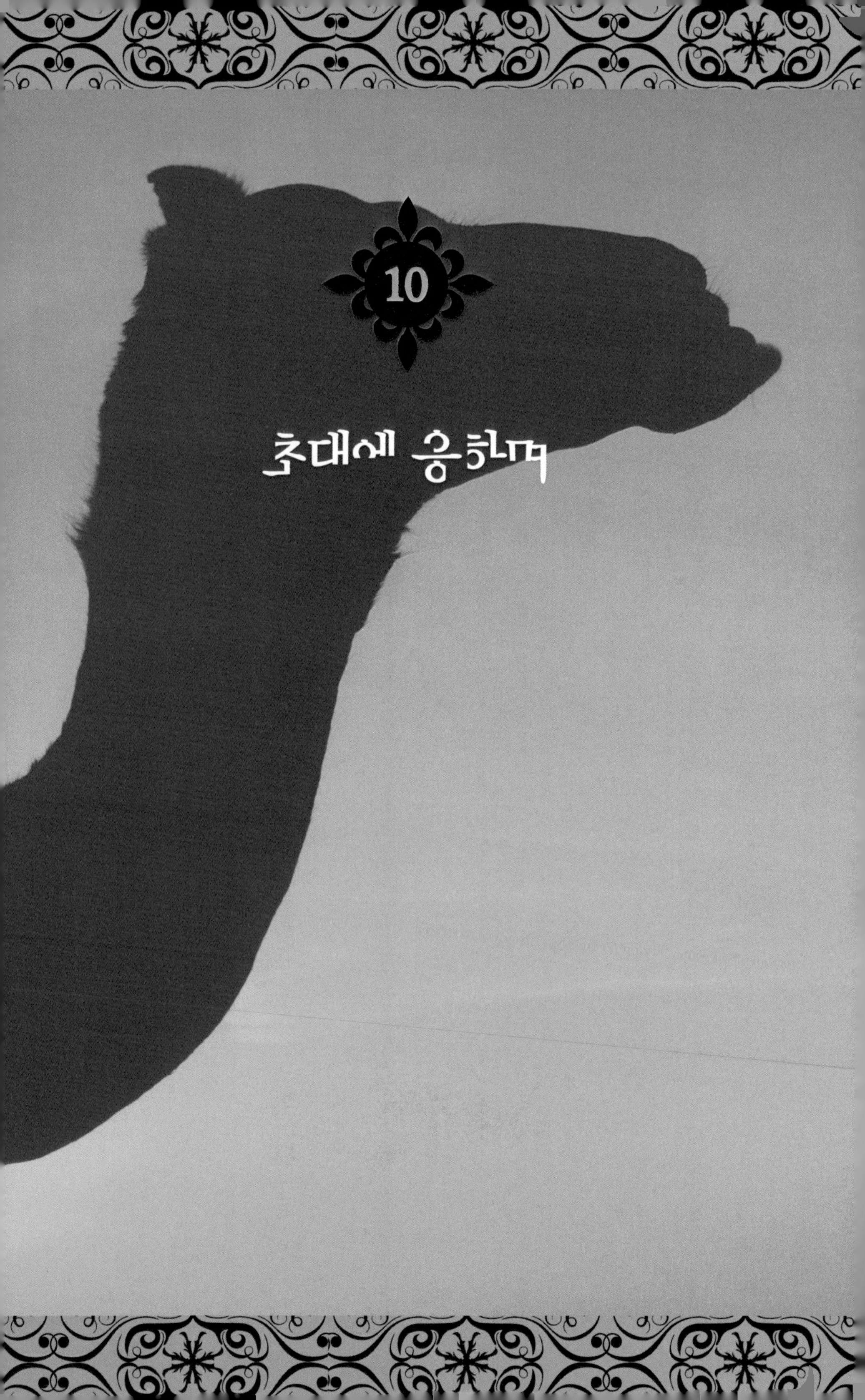

10
초대에 응하며

초대에 응하며

마음을 열고 사람들과 사귀게 되면 잦은 행사에 의외의 초대를 받는
경우가 많다. 넓은 국토에 흩어져 사는 오만 인들. 이런 길흉사에 초대
를 받으면 모처럼 만에 많은 오만 인들을 만날 수 있기 때문에 되도록
사양하지 않고 참석하곤 했다.

약혼식

같은 사무실에서 근무하고 있는 <u>살림</u>(Salim)이 나에게 좋은 기회가
왔다며 약혼식에 초대를 한다. 그 집 친척들과 일면식도 없는지라 다소
의아해 하고 있는데, 당일 자기네 가족들의 공식 사진사 역할을 하면
자연스럽게 어울릴 수 있을 거라는 말에 솔깃하여 수락했다.

그때까지만 해도 양가 부모를 모시고 조촐히 하는 예식을 생각하며 별 생각 없이 모스크로 향했다. 평소에 자주 지나치던 모스크에서 예식 이 열리기로 되어 있어서 쉽게 찾아갔다. 밤에 다시 보는 모스크는 낮 에 보던 모습과는 완전히 다른 모습으로서 왠지 엄숙함마저 느껴지게 한다.

가볍게 카메라를 메고 강당에 들어서서 이렇게 넓은 곳에서 약혼식 이 열린다는 것에 한 번 놀랐다.

그런데 강당이 빈틈없이 꽉 찬다는 사실과 모두 남자만 참석한다는 사실에 또 한 번 더 놀란다. 계획된 행사는 멀리서 오는 친척들을 기다리느라 생각보다 조금 늦게 시작된다. 1000km 이상 떨어진 살랄라에서도 온다니, 아직은 끈끈한 혈육의 정이 느껴지는 나라다.

친척들 중의 연장자 축에 드는 분들이 정 중앙에 자리 잡기 시작한다. 다소 젊어 보이는 사람이 앉아 있길래 누구냐고 살림(Salim)에게 물었다. 그러자 깜짝 놀라며 신문에서 보지 않았느냐며, 정부의 고위 관료로 있는 친척이란다.

신랑이 마침내 도착하여 식이 진행되는 가운데 역시나 전국적인 행사 음식 중 하나인 오마니 커피와 할루아가 도우미들을 통해 손님들에게 베풀어진다. 그리고 근엄하게 친척 어른들 앞에 앉은 신랑에게 무엇인지는 알아들을 수 없으나 어른들의 덕담과 종교적인 축복이 한참 동안 이어진다. 물어보니 결혼의 승낙과 잘살기를 바라는 축복, 혹은 부부생활을 함에 있어서의 교훈적인 내용들을 어른들이 들려준다는 것이다.

이 행사를 치르기 전에 먼저 신부의 집을 방문하여 신부의 아버지로

부터 결혼 승낙을 받아서 오므로 이 행사가 실질적인 결혼의 승낙인 셈이다. 이 행사 이후에는 공식적으로 함께 잠자리를 할 수 있는 자격이 주어진다고 한다.

사진사라는 직함으로 찾아온 나는 디시다샤도 입지 않은 유일한 이방인 복장으로 구석구석을 돌아 다니며 마음껏 사진을 찍을 수 있었다.

손님이 모이는 데는 두 시간이나 걸리더니, 10여 분 만에 조촐하게 공식적인 약혼식 혹은 약혼 보고회처럼 보이는 행사가 끝나 버린다. 그러자 모두 식당으로 이동하기 시작한다. 마침 저녁을 굶고 온 나도 이때를 놓칠세라 살림(Salim)과 사우드(Saud)를 따라서 강당만큼이나 넓은 식당에 도착했다.

약혼식, 결혼식 그리고 장례식 등의 모든 행사가 모스크에서 열리기 때문에 제법 규모가 있는 모스크는 모두 이처럼 행사용 별관과 식당이 따로 있다고 사우드가 귀띔해준다. 이마저도 이름난 모스크는 예약이 많이 밀려 행사를 치르기도 쉽지 않다는데, 총각 사우드는 언제쯤이나 돈 벌어서 나를 자기 약혼식에 초대할는지….

잔치 음식이라고는 하지만 딱히 진수성찬을 준비한 것은 아니다. 역시나 빠지지 않는 마끄보스가 준비되어 있다. 모두가 격이 없이 둘러앉아 한 쟁반을 비워낸다.

젊은 친구 몇이서 음식을 날라대느라 정신이 없다.

우리 일행도 손님들 틈에 끼어 쟁반을 중앙에 두고 둘러앉아 말끔하게 한 그릇 비워낸다. 늘 먹어본 음식이지만 오늘은 꽤 맛이 괜찮다. 역시 손으로 먹었더니 쟁반 주위가 조금 어수선하다.

자연스럽게 식사가 끝나면 삼삼오오 친한 사람들끼리 모여서 사진을

찍는데, 이럴 땐 나도 동료의 가족
들에 섞여 한 장 슬쩍 얼굴을 팔아
본다.

식사 말미에 신랑이 인사를 하
고 떠날 때가 되면 친구들이 모여
들어 등짝을 한 대씩 때린다. 자기
들 말로는 축복하는 거라는데, 내
가 보기엔 시샘이 아닐까 싶다. 행
사의 목적보다는 모두가 함께 모이
는 기회를 제공하는 가족의 큰 행
사인 셈인데, 모처럼 만에 좋은 경
험을 나눈 것 같다. 그 따뜻한 마
음들과 함께.

회사 회계 팀에 근무하는 나세르(Nasser)의 초대는 평소 아침에 인사만 나누고 알고 지내던 처지라 다소 의외였다. 하지만 결혼식을 한 번도 본 적이 없는 나로서는 이 기회를 마다할 수 없어 다소 먼 거리와 늦은 시각임에도 불구하고 흔쾌히 초대를 수락했다.

세 시간여를 달려 아담(Adam) 근처에 있는 작은 마을을 물어 물어 드디어 나세르의 마을에 도착한다. 우리의 새마을운동처럼 정부에서 이주용으로 지은 똑같은 모양들의 집들이 밀집해 있어서 어리둥절했는데, 동네가 작다 보니 오늘 결혼식이 동네 행사가 되어, 물어보지 않아도 어디서 결혼식을 하는지 쉽게 찾아낼 수 있었다. 가족들까지 데리고 찾아온 나를 위해 나세르는 자기네 가족이 소유한 농장을 동생을 시켜 자랑스럽게 소개해주었다.

규모가 크지는 않지만 옛날에 가족들이 옹기종기 모여 살던 농장이라는데, 그 이후 정부에서 주택 단지를 개발하여 모두가 옆 동네로 이

주한 후 지금은 인도인 한 사람이 남아서 이것 저것 채소와 과일을 돌보고 있다고 한다.

내 나이만큼은 되었을 법한 오래된 양수기가 한 번씩 물을 퍼올리고 여러 종류의 가축들을 돌보고 있다. 사막 한가운데에서 이렇게 물을 퍼올릴 수 있다는 것이 새삼 놀랍다.

무스캇에서는 좀체 보기 힘든 유향 나무가 한 그루 눈에 들어온다. 본디 살랄라가 주산지인데, 그래서인지 제법 규모를 갖춘 농장이라 여겨

진다.

괜찮다는 만류에도 불구하고 우리가 관심을 보이는 과일을 몽땅 따주기에 나중에는 일부러 관심이 없는 척 넘어가다 보니 금방 농장 일주가 끝났다.

참 착하고 친절한 동생이다.

서산에 태양에 걸리기 시작할 무렵부터 손님들이 들기 시작한다. 모스크 옆에 딸린 자리에는 남자들이 온 순서대로 앉고, 집사람과 딸아이는 별도로 신부와 그 친구들이 있는 가정집으로 보내졌다. 남녀가 함께 어울리는 행사는 없다.

너무 일찍 온 탓인지 앉아 있다가 손님이 올 때마다 일일이 일어서서 악수를 하는 바람에 약 백 번은 일어났다 앉았다 하며 악수를 한 것 같다. 이대로 있다가는 무릎 관절이 잘못될 수도 있다는 생각에 슬며시 카메라를 들고 동네 구경을 나간다.

잠시 구경을 마치고 돌아오니 그제야 일찍 온 손님들을 위해 할루아와 과일, 오마니 커피가 돌기 시작한다.

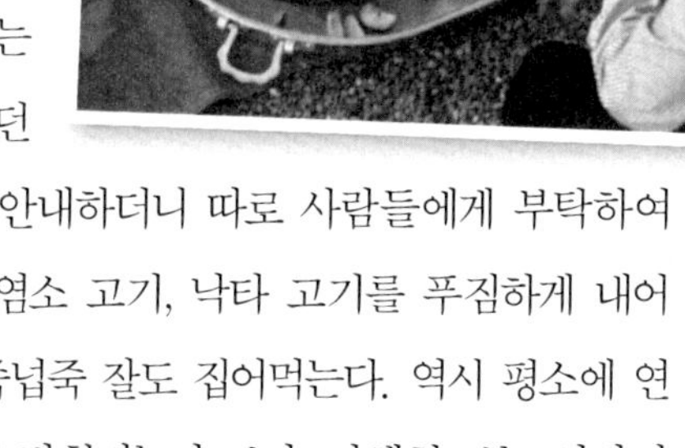

제법 날이 어둑해졌지만 역시 먼 곳에서 아직 도착하지 못한 손님들을 기다리느라 저녁식사는 나올 기미가 보이지 않는다. 나세르는 계속 기다리는 우리가 안쓰러웠던지, 살짝 자기네 집으로 우리를 안내하더니 따로 사람들에게 부탁하여 먼저 저녁을 차려준다. 양고기, 염소 고기, 낙타 고기를 푸짐하게 내어주는데, 아들 녀석도 손으로 넙죽넙죽 잘도 집어먹는다. 역시 평소에 연마한 손으로 먹는 실력이 여기서 발휘되는가 보다. 다행히 보는 사람이 없어서 집사람과 딸까지 모두 둘러앉아 푸짐하게 식사를 할 수 있었다.

반도 못 먹겠다. 따로 준비해준 음식을 반도 소화해내지 못해서 미안
해 하고 있는데, 다시 할루아를 큰 접시로 주며 집에 가져가란다. 넘치
는 접대가 역시 아직도 전통으로 남아 있는 아름다운 밤이다.

집으로 돌아가기 위해 다시 모스크 근처로 나오는 길. 그새 우리가
이 동네에 처음 온 외국인이라며 무서워하던 동네 꼬마들이 오히려 달
려 나와 사진을 찍어달라며 난리다. 귀여운 놈들.
과대한 환대와 따뜻한 마음을 다시 한 번 흠뻑 느끼고 집으로 돌아
온다.

야외 회식

처음 2명의 직원만 데리고 시작했던 부서의 조직이 10여 명 규모로 늘어났다. 모두 오만 현지 직원이라 나도 점점 오만 사람이 다 되어간다는 느낌이 들 즈음에 와드하(Wadha)가 새로운 직원으로 입사를 한다. 회사의 유일한 오만 현지 여직원이다.

몸도 마음도 찌뿌드드한 어느 날, 와드하의 아버지께서 직원들을 초청하여 저녁을 대접하겠단다. 마드라카(Madrakah)까지의 밤길 운전이 좀 우려되었지만, 중형 버스를 대절하여 전 부서원들을 데리고 40여 분을 달려 동네 어귀에 도착하니 마중을 나와 계신다.

집안에 안사람과 딸들이 있어서 들어갈 수는 없다며 한적한 근처 바닷가에 가서 자리를 깐다. 돗자리를 깔고 함께 묻어온 옆 부서의 직원들과 빼곡히 둘러앉아 시원한 파도 소리를 들으며 음식을 기다린다.

픽업이 도착하여 음식을 내리기 시작하는데, 예정 인원의 두 배로 사람들이 몰려왔는데도 음식이 모자라지 않는다. 우리만 따로 왔더라면 큰일날 뻔했다는 생각이 든다. 어디를 가든 항상 아까우리만큼 너무나 음식이 항상 풍족하게 나오는 것 같다. 종류는 그리 많지 않은데, 한 번 준비를 하면 중간에 절대 모자라는 경우를 본 적이 없다. 음식 문화의 저변에 남더라도 절대 아끼지 않고 준비하는 우리 민족과의 공감대가 자리 잡고 있다. 하지만 식당에서는 같은 음식을 배부르게 먹어본 기억이 없으니, 어디를 가나 정성과 가격은 공존할 수 없는 것인가 보다.

시장이 반찬이라던가. 국적은 모두 달라도 분위기와 허기에 이끌려 모두 맛있게 접시를 비워냈다.

아직도 마지막에 나오는 디저트는 그 엄청난 당분으로 인해 나의 식욕을 물리친다.

1970년대 우리 농촌의 정감을 떠올리게 하는 참 가슴 따뜻한 접대를
받고 돌아온다. 유난히도 별이 더 많고 밝아 보인다.

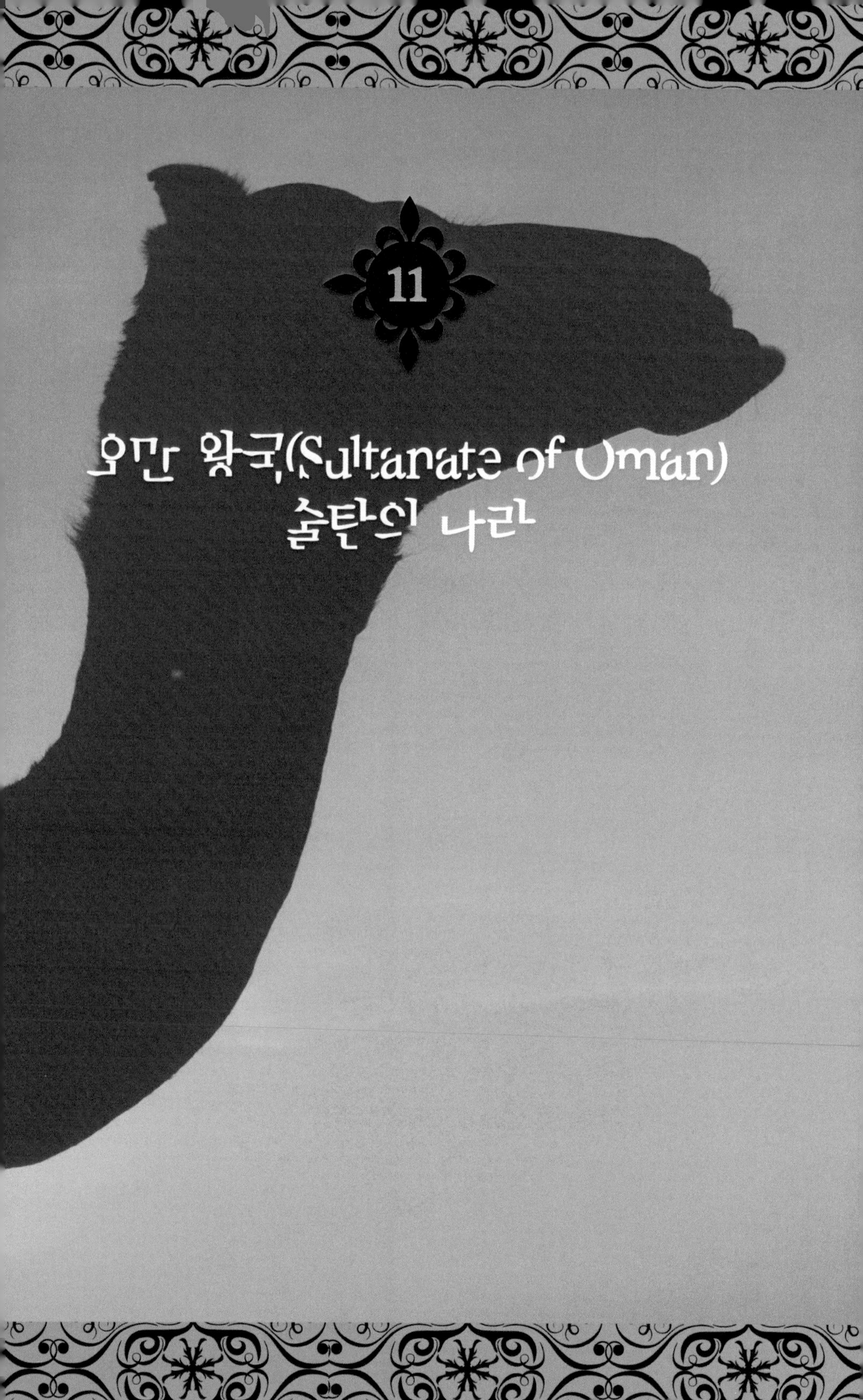
11
오만 왕국,(Sultanate of Oman)
술탄의 나라

오만의 경찰(Royal Omani Police : ROP)

　오만에서 몇 달만 생활하다 보면 ROP라는 단어가 일상생활 속에서 하루 한 번 정도는 들을 수 있는 친숙한(?) 단어가 된다. 경찰이 치안 관리 업무 이외에도 출입국 관리, 소방, 세관, 현금 수송 업무까지 담당하는 데다 산하에 전문 경비업체를 운영하는 등 매우 방대한 조직을 가졌기 때문이다. 뿐만 아니라 응급차량의 운영이나 오지 응급 구조 등에도 경찰이 대부분 출동하기 때문에 하루 한 번은 어떠한 사건으로 인해서든 ROP라는 단어를 듣게 되는 것이다. 경찰은 서민 생활과 관련 있는 각종 면허의 취득 및 등록(나에게는 주류 구입 면허증이 가장 관련된 업무이겠지만)에도 관여하는 팔방미인이다.

　왕권 국가에서 통솔력을 강화하기 위해서는 군대와 경찰이 국왕의 친위 조직이 되어야 하는데, 그러다 보니 경찰에게 다양한 권한을 주어 관리를 일원화시키고 각종 부대 수익이 경찰에 돌아가도록 조치한 것이 아닐까 싶다.

　하지만 의외로 술탄 정권의 강력한 버팀목이 되고 있는 경찰의 월급이 박봉이라는 사실은 다소 놀라운 일이다. 회사에서 급히 무전기 기술자가 필요하여 경찰에서 근무하고 있는 무전기 기사를 고용했는데, 사기업의 월급이 거의 두 배에 이른다. 그런 것을 보면, 아주 똑똑한 사람들은 경찰 생활을 하지 않을 듯 하기도 하고….

　땅은 넓고 인구는 적어서 그런가 경찰을 마주칠 일이 그리 많지는 않다. 그러나 교통사고가 나면 참 빨리도 오는 것 같다. 작은 교통사고로 한 번 경찰서에 간 일이 있다. 정말 영어는 안 통하지, 한참을 기다려 데려온 통역사는 자국인 편만 들지…, 역시 외국에 나오면 절대 경찰서 갈 일은 만들지 말아야겠다.

차량 관련 사고의 경우 쌍방의 과실 정도를 따져서 그 책임을 묻는 것이 우리에게는 당연한 일상이겠으나, 이곳에선 50대 50 같은 판결은 없다. 오직 경찰관이 현장 실사 후 손을 들어주는 쪽이 100% 승리다. 물론 경찰의 판결에 불복하면 판사에게 넘어가겠지만, 아직 한국인 중에서는 법정까지 교통사고를 들고 갔다는 이야기는 들어본 적이 없다.

시내버스가 없는 무스캇 시내에는 자가용과 택시가 출퇴근 시간마다 모든 골목에서 쏟아져 나온다. 그런데 택시 운전은 자국인인 오만 인에게만 허용되는 직업이다 보니, 사고가 난다면 오만 인을 만날 확률이 가장 높다. 필히 오만에서는 차조심, 특히 오만 인(Omani) 조심.

모든 산유국이 그러하듯이 차량이 많은 아랍. 그래도 막히는 도로에서 별 짜증 없이 마냥 기다리는 이 심보는 기후가 준 인내심인가, 싼 기름값이 주는 여유인가.

세계적으로 잘 통일된 교통 표지판. 하지만 중동 지역, 오만에서 꼭 유의해야 할 세 가지 표지판이 있다.

우선 낙타 조심 표지판. 이 표지판이 나온다고 낙타가 곧 나타날 거라는 생각은 금물. 하지만 다리가 긴 낙타와 접촉 사고가 나면 몸체가 운전석으로 뚫고 들어오므로 조심해야 한다.

낙타 조심 표지판

비록 이 표지판이 없더라도 이발한 것처럼 밑동이 똑같이 반듯하게 먹혀버린 나무들이 나타난다면, 이 표지판보다 더 조심할 것. 분명 낙타들이 뜯어먹었다는 신호임.

❀ 두 번째는, 와디 횡단(Wadi Crossing) 표지판

와디 횡단(Wadi Crossing) 표지판

맑은 날은 무시해도 되는 표지판이다. 단, 조금이라도 비가 내리는 날은 되도록 이 표지판을 믿을 것, 언제 물이 불어나 도로를 가로지를지 모르므로. 특히 와디를 가로지르는 도로의 양쪽에 설치된 빨간색 기둥의 아랫부분에 있는 흰색이 보이지 않을 정도로 물이 흐르면, 절대 물을 가로질러 가겠다는 객기는 부리지 말아야 한아.

❀ 세 번째는 모래바림(Sand Dunes) 표지판

모래가 날려 도로를 덮는 지역임. 가장 적중률이 높은 표지판이다. 무조건 저속으로 전환한 후, 다가올 모래 무더기를 피할 준비를 할 것. 그 근처에 경찰(Police)이 내건 표지판이 있다면 백발백중임.

모래바람(Sand Dunes) 표지판

오만에서 처음으로 받은 명함.

　우리나라 자동차를 판매하는 OTE Group의 차량 딜러 명함인데, 이름이 군두리에 낚시가 취미인 인도 아저씨. 아직도 이름을 까먹지 않고 기억하고 있다. 오만 인들이 어느 날 모두 사라진다면 나라가 혼란에 빠지겠지만, 인도 사람이 없어지면 나라가 올 스톱됨. 인도인들의 적응력은 정말 놀랍다.

　이곳에서 유행하는 유머 중의 하나. 총알이 두 개밖에 없는 총을 가지고 사막에서 독사와 인도인을 만나면, 무조건 인도인을 쏘아라. 나머지 한 발은 다시 확인 사살하는 데 써라. 인도인들의 무서운 적응력을 경고하는 유머다.

2010년 11월 어느 날, 영국 엘리자베스 2세 여왕이 무스캇을 방문했다. 늘 그러하듯이 무지막지한 교통 통제가 예상되었다. 한국에서라면 시민들의 엄청난 반대에 직면했을 법한 이 해프닝은 왕권 국가와 느긋한 민족성이 만들어낸 합작품이 분명하다. 영문도 모르게 막히는 도로와 그래도 당연한 듯이 차를 세우고 한없이 기다려보는 사람들.

무스캇은 도시 한 중앙에 술탄 카부스 대로가 남북을 반으로 갈라 지나가는데, 그 도로 자체를 막아버리고 동서간의 모든 통행마저 제한하니, 그대로 도시가 하루 동안 완전히 반쪽이 나고 전혀 통행이 불가능하게 되었다. 한 나라의 수도를 하루 동안 반으로 나누어 완전 고립시켜도 별 일이 없는 걸 보면 이 또한 인샬라.

내일모레는 또 국경일(National Day) 행사 때문에 카부스 대로가 통제된다고 한다. 그래서 우리 아이들이 학교로 가는 길에 혼잡이 예상된다고 학교에도 오지 말란다. 우리나라 같으면 수업에 지장을 받는다고 행사를 다른 데서 하거나 축소할 텐데, 이곳에서는 술탄의 40주년 즉위 기념행사가 최우선이다. 학교가 쉬어도 행사는 해야 한다. 그런데 아무도 불만이 없다. 한국 아줌마들만 빼고.

국왕(Sultan)

현재 오만의 술탄은 카부스이다. 정식으로 호칭한다면 His Majesty Sultan Qaboos bin Said Taimur bin Faisal bin Turki Al Said로 불러야 한다. Bin이 누구의 아들이란 뜻이므로 증조부 이름까지 들어간 것으로 보면 되겠다. 니즈와(Nizwa)에 놀러 갔다가 박물관에서 처음으로 그의 정식 이름을 볼 기회가 있어서 적어보았다. 역대 국왕들의 재위 기간을 보면 이 왕가가 근 150년을 지배했음을 알 수 있다.

Turki bin Said (1871. 1. 30-1888. 6. 4)

Faisal bin Turki (1888. 6. 4-1913. 10. 15)

Taimur bin Faisal (1913. 10. 15-1932. 2. 10)

Said bin Taimur (1932. 2. 10-1970. 7. 23)

Qaboos Bin Said (1970. 7. 23부터 현재까지)

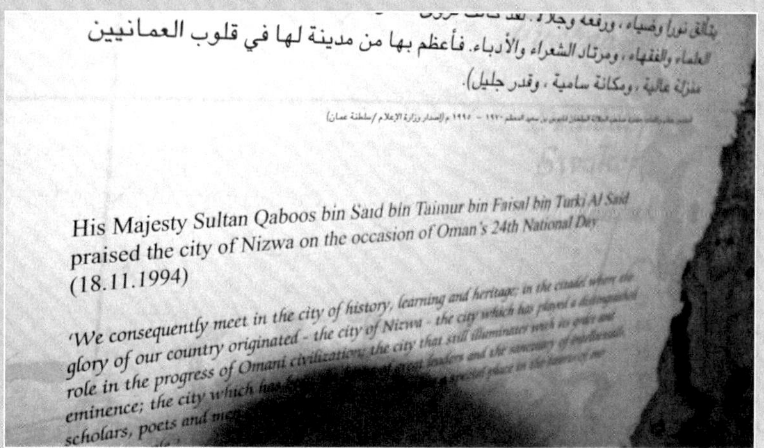

오만에서 생활하면서 신문이나 지명을 통하여 그의 이름을 빼놓고는 이야기가 되지 않을 정도로 그는 국민의 신망과 존경을 받고 있다. 그런

그를 보며, 김정일 정권과 일부는 유사해 보이면서도 전혀 다른 대접을 받고 있는 데 대해 가끔은 놀랄 때가 있다.

두큼에 처음 캠프를 만들 때 간 이건물 입구에 술탄의 사진이 맨 먼저 걸렸다. 상업 시설물이나 관공서 입구에 그의 사진이 안 걸린 곳이 없으므로 나이와 연대에 따라 조금씩 변하는 그의 얼굴을 관찰해보는 것도 작은 즐거움이다.

모든 방송 매체의 일면과 오프닝(Opening)을 장식하는 술탄의 근황. 우리 나라의 군부 정권 때를 연상하면 쉽게 수긍이 간다. 단지 누구를 영접했다는 기사일지언정 빠짐없이, 아마도 모든 신문에서 꼭 다루어야 하는 의무 사항인 것 같다.

개인적인 관심으로 그의 일대기를 한 번 정리해본 적이 있다. 흔히들 아랍의 왕족들이 그러하듯, 그의 배경과 재산 내역 등이 인터넷에 공개된 것만해도 꽤 많다. 그는 1940년 11월 18일(Oman National

Day) 도팔(Dofar)에서 출생했다. 그의 생일은 국경일 휴무일이다. 슬하에 자녀가 없는 상태에서 이혼하여 왕위 쟁탈과 관련된 왕족 분쟁의 우려가 없다.

1970년 7월, 영국 정부와 군인들의 호응 아래 아버지 사이드 빈 타이무르(Said bin Taymur)를 몰아내고 집권하여, 7월 23일(Renaissance Day) 무스캇에 입성, 오만 왕국(Sultanate of Oman)을 개국하였다. 그래서 7월 23일도 국경일 휴무다. 인터넷 상에 알려진 재산으로는 무스캇 인근에 3개, 살랄라(Salalah) 인근에 2개의 궁전을 가지고 있고, 소하르(Sohar)와 살랄라에 각각 농장이 있으며, 무스캇, 살랄라흐(Salalaah)와 니즈와(Nizwa)에 저택을 가지고 있다. 벤츠, 페라리 등 다수의 고급차와 이들이 전시되어 있는 쇼룸(Show room)도 하나 가지고 있고, 전용 비행기와 요트도 다수 소유하고 있다.

공식적으로는 육해공군과 경찰의 통수권자로 지명되어 있지만 이를 바탕으로 오만을 실권 통치하고 있다. 최근 중동 지역을 휩쓸고 있는 독재 타도와 민주화의 열기가 오만에서는 크게 부각되지 않고 있다. 며칠 전에 끝난 슈라 의회(Shura Council)의 멤버 투표처럼 오만은 이미 민주적인 절차를 도입하려는 국왕과 내각의 노력이 보이고 있다. 또 대부분의 국민들이 카부스 국왕(Sultan Qaboos)을 국부 이상으로 존경하는 것을 여기서기서 볼 수 있다.

로얄 투어(Royal Tour)를 앞두고 술탄이 지나가는 길에 그를 칭송하는 각종 애정 표현물이 게시되어 있다.

주유소 인근의 마트(Mart) 유리창에 도배하다시피 붙인 술탄의 사진들.

이는 국가 주도가 아닌, 국민들의 자발적인 애정 표현이다.

이제는 자연스럽게 받아들여지는 각종 건물 외관에 붙어 있는 술탄의 사진들

카부스 국왕(Sultan Qaboos)과 관련된 지명들

MSQ - 술탄 카부스의 마을. 잘 정돈된 풍광 좋은 언덕에 위치한, 무스캇에서 집값이 상당히 비싼 마을이다.

무트라(Muttrah)에 있는 항구 술탄 카부스. 수도로 들어오는 모든 선박들이 반드시 들르는 물류의 중심지

르네상스 데이를 기념하는 7월 23일 도로

국왕의 생일(National Day)을 기념하는 11월 18일 도로. 이 두 도로가 카부스 대로를 따라 무스캣 시내 교통의 중추를 이룬다.

한국과 오만의 축구 경기가 열렸던 술탄 카부스 축구장. 오만 최대의 경기장이다.

술탄 카부스 그랜드 모스크. 오만 최대의 5개의 첨탑을 가진 모스크

살랄라에 있는 술탄 카부스 병원. 소말리아에서 납치되었다 풀려난 우리나라 선원들이 들르는 곳

술탄 카부스 대로

술탄 카부스 대학. 오만 최고의 엘리트를 양성하는 곳이다.

살랄라에 있는 술탄과 관련된 지명으로는,

As Sultan Qaboos Street

23rd July Street

18th November Street

Sultan Qaboos Mosque 등이 있다.

Royal Tour : 연말 경에 국왕이 순회를 돌며 민의를 청취하는 행사. 이 순회의 계절이 돌아오면, 순회하는 경로에는 도로 곳곳에 그를 칭송하는 광고물들이 설치되어, 그 분위기를 실감할 수 있다.

국민의 지지가 바탕이 된다면, 왕정이 민주주의와 대립되는 개념은 꼭 아니다. 중요한 것은 지도자의 자질이지 정치 형태가 아닌 것이다.

12
대추야자(Dates, 데이츠)

대추야자(Dates, 데이츠)

한국의 소나무, 오만의 대추야자수.

한때 오만 최고의 수출품이었다는 대추야자는 도처에 아주 흔하게 열려 있다. 마치 옛 왕국의 산 증인이라도 되는 양 길가에 꿋꿋이 서서 그 위용을 뽐내고 있다.

대추야자(Dates)는 대추야자수(Palm Tree)의 열매로서, 그 옛날 많은 베두인들에게는 대추야자가 삶 그 자체였다. 우리의 아리랑이나 소나무처럼 오만 인들에게 있어서 그 의미는 더 각별하고, 어느 동네에 대추야자가 나온다는 것은 물이 나오는 땅을 가졌다는 자부심이며, 그 나무의 수효는 아직도 부를 과시하는 한 수단이 된다.

나칼(Nakhal)은 특히 나칼 성 주위를 둘러싼 대추야자 농장으로 유명한 곳이다. 사방에 걸쳐 빽빽이 늘어선 야자나무 바다에 홀로 떠 있는 성처럼 느껴지는 장관. 그 나무 아래에 사람들의 터전이 있다.

한여름 땡볕 아래서 대추야
자의 수확이 시작되면 곧 더위
도 좀 수그러들 것이라는 행복
한 기대를 가지게 한다.

집 앞에 정성스레 키운 대추야자를 예쁘게
지켜내려는 주인의 소박한 욕심

대추야자의 종류가 워낙 다양해서 모두를 분간하기는 쉽지 않다.

그러나 열매가 다 자란 후의 색깔을 가지고 크게 구분한다면, 빨강색이 나는 것은 캇스 수위르라고 부르고, 노랑색은 나갈이라고 부른다. 완전히 익기 전, 즉 서서히 빨강이나 노랑색이 나타나고 끝부분이 살짝 익을 때가 되면 따서 먹기 시작하는데, 2주 내지 3주가 지나면 완전히 익어버리므로 이 기간부터 시장에 나오기 시작한다.

완전히 익어버려 잡으면 뭉개지는 것보다는, 적당히 익어가는 이 기간의 데이츠를 최고로 쳐준다. 완전히 익기 전의 대추는 라탑이라 부르고, 완전히 익어서 말린 것은 탐르라고 부른다. 다 익어서 20일경이 지나면 완전히 말라 비틀어지므로 따서 별도로 말려 나중에 먹을 수 있게 별도 보관한다. 먹어보면 대체로 노랑색이 맛이 부드러우면서도 좀더 단 맛이 나는 것 같다. 엄청 달아서 최고로 치는 대추는 할라스라고 부른다.

대추야자의 번식은 씨를 통해서보다는 본 목의 겨드랑이에 난 작은 가지를 뿌리째 잘라내어 꺾꽂이하는 식으로 번식시킨다. 종종 차량에 이렇게 캐낸 어린 싹들을 싣고 팔러 가는 차들을 볼 수 있다. 차에 마냥 그냥 실어놓은 듯한 이 싹들이 모두 정상적으로 살아난다면 또 얼마나 많은 데이츠를 평생 동안 만들어줄는지.

대추야자 나무는 암수 구분이 있어서 대부분의 암나무가 있는 농장 한 켠에는 키도 작고 못생긴 수나무가 한 그루씩 꼭 있다. 농장이 아닌 길거리나 관상용 야자수는 사람의 손을 빌어 수정을 시킨다.

수나무에 달려 있는 이 작은 열매에서 가루가 터져 나와 암나무를 만

나면 비로소 대추 열매가 쌀처럼 만들어지기 시작한다. 마치 사자의 암수처럼 농장에 가면 암나무는 키도 크고 화려하지만 수나무는 키도 짤막하고 볼품도 없다.

수나무 열매 줄기를 따서 사람이 들고 다니며 암나무의 햇순에 매달아두는 방식이다.

대추야자의 종류와 구별법이 적힌 안내 자료(아부다비)인데, 들여다봐도 구분이 쉽지는 않다.

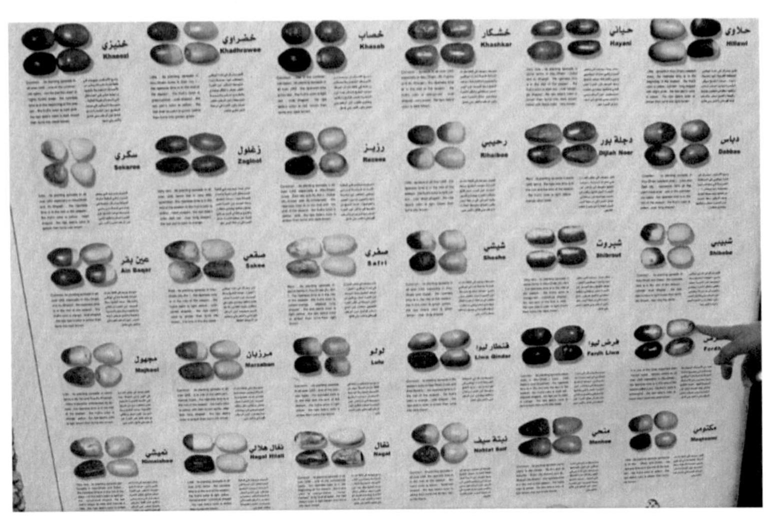

루루(LuLu) 등의 마트에 가면 다양한 대추야자 가공 식품들을 구매 가능하며, 사막에서 천년 이상 살아남은 이들이 권하는 건강식품이므로 중동에서 건강하게 살기 위해서는 이 맛에 익숙해지는 것이 좋을 것이다. 그야말로 신토불이다.

13
오만과 편견

오만과 편견 (중동이라서)

디시다샤에 조선소 점퍼를 입은 오마인 동료들

길게 원피스를 입는데, 이를 디시다샤라 한다. 흰색이 주된 것이지만, 여러 가지 다른 색깔로 평상시에는 바꿔 입고 다닌다. 하지만 종교적인 행사나 관공서 방문 시에는 되도록 흰색으로 갖추어 입는 것을 볼 수 있다. 머리에 타끼야라는 캡만 쓰고 다니거나 그 둘레에 다시 마사르라는 터번을 두르기도 한다. 이 마사르는 모래바람이 심하게 일어날 경우 얼굴을 가리는 데 아주 유용하다.

종종 외국인들이 디시다샤를 입고 거리를 거니는 모습을 보게 되는데, 많은 현지인들이 다소 좋지 않은 반응을 보이곤 한다. 이는 그들의 의상을 타국인이 입어서 기분 나쁜 것이 아니라, 입은 '꼬라지'가 가슴을 훤하게 내놓거나 타끼야를 쓰지 않았기 때문이다. 그네들의 의상을 착용할 때는 호기심을 충족하는 것도 좋지만, 최소한 갖출 것은 갖추고 입는 성의를 보였으면 한다. 두큼 지역에서 근무하는 동안 부하 직원들이 계속 디시다샤를 주문해서 입어보라는데, 아직도 시도해보지 못했다.

여자들이 입는 원피스는 드레스라고 하는데, 수도 무스캇 여성들은 마치 수도 거주인의 표시인 양 대부분이 검은 색상으로 통일시켜 드레스를 입는다. 하지만 실제 조금만 도시를 벗어나면 이들이 전통적으로는 갖가지 색상의 드레스를 즐겨 입었음을 쉬이 확인할 수 있다. 머리에는 우리가 익히 익숙해져 있는 콤마라는 천으로 머리를 가린다. 가끔

베두인(사막 원주민)을 보면 바르가라는 가면으로 눈을 제외한 얼굴을 가린 경우를 종종 보게 된다.

얼굴에 쓰는 가면은 종교적인 이유가 아니라 전통적인 것으로서, 시골로 갈수록 많이 볼 수 있으나 이제 무스캇에서는 매우 보기 힘들어졌다. 바르가는 여자가 출가하여 남편이 생기면 그때부터 착용하기 시작한다.

사막 투어를 하면서 살짝 현지인 흉내를 낸 우리 딸과 아내. 의외로 잘 어울린다.

아름답게 변형된 아랍어 문양들

외국에 나올 때마다 느끼는 일이지만 어느 나라를 방문하든, 특히 우리보다 생활 수준이 뒤처졌다고 느껴지는 나라를 방문할 때면, 그 나라 사람을 무시하는 듯한 태도가 얼마나 위험하고 경솔한 일인지를 경험한다. 이는 항상 마음속 깊이 염두에 두어야 할 일이다. 이국 문화를 접할 때 미지의 문화에 대한 존경심을 먼저 갖는 것이 외국 생활에 적응하는 첫 걸음이 되어야 할 것 같다. 현지 언어에 대한 최소한의 관심과 노력을 바탕으로 하여 그들의 말로 인사 정도는 할 줄 아는 노력이 꼭 수반되어야 할 것이다. 오만에서 짧지만 열심히 익혀서 쓰고 있는 몇 마디의 인사말은 종종 나에게 커다란 도움을 주곤 한다.

술탄 카부스 모스크의 어느 벽면에 새겨진 아름다운 아랍어 문구. 필기체 형태의 아랍어가 아름답게 변화되는 과정은 모스크나 정부 관청 건물 등에서 확인할 수 있다.

아랍어 인사 한 마디로 나에 대한 경계심을 한 순간에 일소하고, 누구보다 먼저 그들과 친밀한 관계를 갖게 되었다. 먼 길을 여행하다 만난

시골 촌부에게서는 또 얼마나 따듯한 환대를 받았는지 모른다. 손을 끌며 물과 음식을 꼭 대접하고자 하는 그 마음은 분명 그들 문화에 대한 최소한의 존경을 표하는 나에게 당연히 돌아오는 선물이 아니었을까.

중동의 여러 국가들 중에서도 일상 생활에서 종교적인 간섭을 그리 하지 않는 문화에 비추어, 여성들의 옷차림은 여전히 우리 눈에 낯설게 보인다. 저녁 무렵 번화가에서는 머리를 가리지 않고 돌아다니는 젊은 여성들이나 혹은 머리만 가리고 청바지 차림으로 돌아다니는 현지 여성들을 곧잘 목격할 수 있다. 간섭이 거의 없음에도 히잡을 애용하는 것은 타인들의 생각과는 달리 자율이라고 보인다. 문화적 자존심처럼.

해변에서 단연 돋보이는 히잡을 둘러싼 두 여인

유람선 위에서 주위의 시선에 아랑곳없이 청바지만 걸치고 있는 여인

유원지에서 몸을 전부 가리고 수영을 즐기는 여성

쉬는 날

2011년 새해가 밝았다. 모든 학생들과 월급쟁이가 제일 먼저 계산해보는 올해의 휴일 날 수. 하지만 오만에서는 이런 수고를 할 필요가 없다. 매년 딱 53일의 금요일(금요일이 주말)만 빨간 날이기 때문이다. 뭔 놈의 달력이 금요일만 빨간 날이고 주중에 쉬는 날이 하나도 없을까?

오만의 달력에 대해 공부 좀 해보자.

일단은 국제화 추세에 따라 모든 날짜는 태양력을 따르지만, 우리나라처럼 음력(여기서는 이슬람력)으로 중요 명절이 정해진다. 올해의 그레고리안력 2011년은 이슬람력(히즈리)으로 1432년이 될 것이고, 이미 이슬람 신년이 작년 연말에 시작되어 올 12월 26일에 1433년 신년이 시작될 것이다.

물론 오만도 국경일이 있지만, 달력에 별도로 표기되지는 않는다. 일

단 올해에 예상되는 쉬는 날을 추려보면,

2월 15일 Mouloud (Birth of the Prophet)는 마호메트의 탄생일이다.

6월 28일 Leilat al-Meiraj (Ascension of the Prophet)는 마호메트의 승천일.

7월 23일 Renaissance Day는 영국의 지원 아래 현재의 술탄 카부스가 무
스캇에 터를 잡고 새로운 왕권을 편 날이다.

8월 31일 Eid al-Fitr (End of Ramadan)은 잠정적으로 라마단이 끝나고 이
를 축하하는 며칠간의 휴일이 예상되는 날.

11월 6일 Eid al-Adha (Feast of the Sacrifice)는 또 이슬람의 희생제로 명
절이 예상되는 날이다.

11월 18일 National Day and birthday of HM Sultan Qaboos는 술탄의 탄
생일.

11월 26일 Islamic New Year가 시작될 것으로 예상되는 날이다.

이 중에서 2/15일, 6/28일, 7/23일 그리고 11/18일은 양력으로 계산되
는 명확한 날이지만, 왕령에 의해서 그날이 임박할 즈음 국가에서 다른
휴일을 고려하여 선포하기 때문에 꼭 그날이 휴일이 되는 것은 아니다.

8/31일과 11/6일, 그리고 11/26일은 오만의 Moon sight committee(일
명, 달 관측 위원회)에서 달을 관측하여 정확한 달의 형상에 따라 그 날
짜를 공표하며, 이 또한 휴일의 길이를 국가에서 공표해야 쉬는 날로 확
정된다.

이렇게 예상되는 휴일 날짜에 임박하여 국가에서 공표해야 휴일이 되
기 때문에 달력에는 별도 휴일 표기가 없다. 그래서 연초가 되면 일부
오만 동료들은 나름대로의 경험을 바탕으로 휴일 예상 달력을 만들어
큰 정보인 듯 우리들에게 나누어주기도 한다. 2010년의 경우엔 50% 정
도의 적중률을 보인 것 같다. 그래서인지 대부분의 오만 인들은 휴일이
오더라도 긴 여행 계획을 세우기보다는, 가족과 집에서 조용히 지내는

경우가 많은 모양이다. 미리 항공권을 예약하기가 쉽지 않기 때문이다.

　하릴없는 외국인 노동자들에게 휴일은 해변 등지에서 시간을 때우는, 그저 돈을 벌지 못하는 평일일 뿐이다. 우리나라도 아마 이런 휴일 제도를 시행한다면 초기에 범국민적인 반대에 부딪칠 수는 있겠지만, 여행 수지 적자는 상당히 줄어들지 않을까 싶다. 작년에는 달이 늦게 떠서 이슬람 신년의 공표가 계속 늦어져, 내일이 휴일인지 아닌지를 한밤중에 공표하기도 했다. 그래도 쉬는 날로 공표가 되면 잘도 알고 출근하지 않는 오만 동료들을 보면 참 신기할 때도 있다.

　2009년 1월 26일은 한국에서는 아무 특별한 일도 없는 하루였겠지만, 여기 오만에서는 국경일이었다. GCC컵 축구 경기가 오만에서 개최된 적이 있는데, 오만이 결승전에 진출했었고, 당연히 야간에 벌어진 이 경기에서 오만이 승리하자 한밤중에 국가에서 그 다음 날을 임시 국가 공휴일로 지정한 적이 있다. 참 황당한 휴일이 갑자기 생겨서 놀라기도 했지만 그 다음날 아무도 출근하지 않은 현지인들을 보며, 어느 나라나 쉬는 날은 모두 귀신같이 알아채고 안 나오는 인류 공통의 인지 능력에 한 번 더 감탄했다.

　또 하나 엄청 헷갈리는 휴일 이야기는 기간과 관련해서다. 당일로 끝나는 양력 날짜 기준의 휴일은 별 문제가 없으나, 음력 날짜로 계산되는 휴일은 대부분 며칠간의 연휴로 이어지는데, 공무원과 일반 기업의 휴일이 공식적으로 다르게 지정된다.

Sunday, January 18, 2009 3:01:43 AM Oman Time

International
Business
Sports
Entertainment
Expat
Technology
Features
Snapshots

SERVICES
Mobile Services
Discuss
Classifieds
City Guide
Prayer Timings
Weather
Horoscope
Movies
Flight Schedule

MUSCAT — The whole of Sultanate was submerged in celebration as Oman laid its hands on the prestigious Gulf Cup for the first time ever yesterday at the Sultan Qaboos Sports Complex in Bausher.

Oman spelt sudden-death for three-time champions Saudi Arabia, climaxing the competition with a close 6-5 victory after Saudi Arabia's Taiseer Jasim kicked wide of the goalpost.

After a goalless 120 minutes, which were dominated by Oman, the first 10 penalties in the shoot-out were successful until Taiseer sent his effort wide allowing Mohammed Rabe'ea to seal the historic win.

The cops had a hard time as revellers blocked roads at crucial junctions, but no untoward incidents happened as the nation celebrated. The jubilant moment erased the heart-breaking moment in Doha in 2004 and the shattering mood experienced in Abu Dhabi two years ago.

The win, as declared by coach Claude Le Roy, will mark a new beginning for Oman football, who will now begin their quest for a place in Asian Cup finals and the road begins tomorrow with a match against Indonesia here.

Omani national team players celebrate their victory over Saudi Arabia in the 19th Gulf Cup football final in Muscat on January 17, 2009. (AFP)

✉ Email the story   🖨 Print the story   RSS feed

잠시 작년 신문 기사를 한 번 들추어보면,

〈Holy Prophet's Hijra anniversary holidays announced 02 December 2010〉 (Times of Oman은 신문 이름이다.)

"Royal orders of His Majesty Sultan Qaboos bin Said에 의해서 신년을 공표하노니, (어쩌고 저쩌고…) Minister of the Diwan of Royal Court and chairman of the Civil Service Council에서 Ministries, public authorities and other departments of the State administrative apparatus(공무원들)은 이슬람 신년 첫날부터 12월 11일까지 휴일로 공표하며, Sheikh Abdullah bin Nasser Al Bakri, minister of manpower(우리 나라 노동부)는 Private sector's companies(일반 사기업)에서는 12월 9일까지 휴일로 한다." 는 정부 발표가 실려 있다. 한국에서는 공무원들보다 일반 기업의 휴일 일수가 많은데, 오만에서는 반대이다.

이드 알아드하(Eid al-Adha)는 이슬람력 12월 10일로 이슬람 희생제

라 불린다. 무슬림들은 일생에 의무적으로 한 번은 메카의 하람 사원
과 아라파트 동산을 순례해야 하는데, 이 순례자들이 모여 희생제물을
바치는 날이라고 한다. 희생 제물로 바쳐지는 동물은 양, 염소 낙타 등
으로서 양이나 염소는 2살 이상의 것으로, 소나 낙타는 5살 이상의 것
으로 한정되어 있다. 제물로 바쳐진 동물의 판매나 거래는 절대로 허용
되지 않으며 가난한 자들에게 분배된다. 이 날은 신이 인간에게 자선을
베풀라고 내려주신 소중한 날이라고 한다.

가족도 없이 혼자 지내기 지루한 휴일이라 근처 해변으로 가는데, 여
러 집 대문 아래로 피가 흘러나온다. 헉! 해변에서도 가축(소나 양)을
도축하는 모습이 심심찮게 목격되는데, 이 나라 사람들은 내장은 먹지
않는 모양이다. 군데군데 내장들이 파도에 휩쓸려 떠다닌다.

바닷가 여러 곳에 떠다니는 가축의 내장들. 갈매기들은 오늘 땡잡았다.

라마단

왠지 금식도 없이 이드(Eid) 휴가를 즐기는 우리가 미안해지는 시간….

라마단 초승달 관측위원회는 라마단의 시작을 알리는 새 초승달이 육안으로 관측됐는지의 여부를 논의하기 위해 회의를 소집한 결과, 올해 라마단의 시작일을 22일로 최종 결정했다. 전통적으로 라마단은 각국의 권위 있는 법률 전문가나 성직자가 라마단 시작일 전날 황혼 때 초승달을 육안으로 관측했다는 내용의 공식 문서를 발급해야 비로소 다음날부터 시작된다. 이 때문에 라마단 시작일은 나라마다 하루 정도 차이가 생기기도 한다. 라마단 2일 전. 우연히 가족들과 들른 대형 마트가 인산인해를 이루고 있었다. 이 나라에서 처음으로 마트에서 가장 많은 아랍인들을 본 날이다. 마트가 붐비는 이유는 잘 이해할 수 없으나, 아마도 이른 저녁부터 지인들을 초청하여 밤새도록 먹어야 하기 때문이 아닐까 싶다. 로얄 코트(Royal Court)에서 오늘 올해의 라마단 기간 공무원 근무 지침이 발표되었다. 모든 정부 기관의 무슬림 근무 시간은 오전 9시부터 오후 2시까지로, 일반 기업의 경우는 하루 6시간 주 36시간으로, 노동부 이름으로 공표되었다. 모든 고용주들에게는 고난의 달이 찾아온 것이다. 물론 비 무슬림은 해당 무.

조정된 퇴근시간 후에 근무를 하면 특근 수당을 받아야 한다는 함단(Hamdan)의 말이 다소 얄밉게 들린다. 근무 중에 담배도 물도 그들 앞에서는 자제해야 한다는 자체가 우리에게도 고난의 금욕의 생활이 오는 게 아닌가 싶다. 그나마 낚시를 못 하게 막지는 않는다니 두고 볼 일이다. 나라마다 종교적 행사 시작일의 자율성을 인정하고 무슬림에 대한 종교적 의무에 기인하여 근무 시간마저 조정하는 이런 문화가 이슬람교의 우월성처럼 비쳐지는 이유는 무엇일까?

금식을 축제의 하나로 생각하는 믿음은 종교인가? 문화인가? 전통인가?

라마단이 임박했음을 알리는 징후들이 곳곳에서 보이기 시작한다. 비무슬림에게 있어 종교적인 의미는 없지만, 무슬림에게 있어서는 종교가 곧 생활인지라 그들의 생활 패턴에 변화가 오면 어쩔 수 없이 우리도 영향을 받을 수밖에 없다.

주유소에서 나누어주는 라마단 기간 동안의 기도 시간표

매년 라마단이 시작되는 달을 HIJRI 라고 부른다. 이슬람력에 따른 라마단 달을 지칭하며 이슬람력으로 2010년은 1431년에 해당한다. 일관된 금식과 기도 시간을 지키기 위해 라마단이 시작되면 주유소 같은 곳에서 이 기간 동안의 기도 시간 등을 인쇄한 종이를 무료로 배포하기도 한다. 통상 금식은 해가 뜬 후라고 하지만 시간을 정해주는데, 이를 IMSAQ이라고 한다. 새벽 4시 전후이기 때문에 아침밥을 먹으려면 엄청 일찍 일어나야 한다.

기도는 5번으로, 2010년의 경우 오만에서 그 시간은 FAJR(새벽 4시 20분 정도) - DOHR(정오 직후) - ASR(오후 3시 40분경) - MAGHRIB(저녁 6시 40분경) - ISHA(저녁 8시경)로 불린다. 저녁 식사는 MAGHRIB 이후에 가능하다.

무슬림 동료를 한 명이라도 알고 있다면, 한 번 정도는 저녁 이프타르에 함께 참여하여 서로의 관계를 돈독히 하고 많은 대화를 나누는 시간을 꼭 가져보길 권한다. 다만 되도록 권하는 음식을 사양하지 않도록 미리 배를 좀 비워두고 오른손으로 냠냠 먹기만 하면 된다.

라마단 기간 중 많이 필리는 대추야자를 선전히는 광고물

대추야자는 아랍에서 전통적으로 라마단 금식을 마칠 때 먹기를 권하는 음식이다. 엄청난 당분이 함유되어 대단한 열량을 내는 말린 열매로 주변에서 쉽게 구할 수 있는 강렬한 에너지원이었을 것으로 생각된다. 큰 것으로 한두 개만 집어 먹어도 속이 든든하다. 광고물에 쓰여 있는 '라마단 카림'이라는 글에서 '카림'은 '신의 은총이 온 세상에…'라는 의미이다. 라마단 기간에 달달하고 맛있는 대추 야자를 먹어보는 것

도 좋은 추억거리가 될 것이다. (단, 당뇨 아저씨와 아주머니들은 절대 자시지 마세요 독입니다!!)

라마단 기간에 증가하는 교통사고에 관한 신문 기사.

"금식에 따른 피곤함과 저녁 식사에 대한 의욕이 앞서 이프타르(Iftar) 직전 시간대에 교통 사고 발생량이 현저히 증가하고…."

배가 고프니 당연히 빨리 가서 먹는 게 중요한 이유일 것이다. 라마단 기간 저녁 늦은 시간의 파티 행위를 비판하는 신문 기사이다. 서로 나누고 어려운 이웃을 돌봐야 할 시간에 야간 쇼핑을 즐기고 너무 많은 음식을 준비하여 남기는 나쁜 사례를 비판하고 있다. 실제로 이 기간의 음식 소비량이 평소보다 더 늘어서 일부 식료품 값이 상승하는 부작용도 발생한다.

세상은 점점 빠르게 변화하면서 여기저기에서 우리들이 소중하게 여기던 전통과 문화가 하나씩 퇴색해가는 느낌을 지울 수가 없다. 전 세계 어느 곳이나 예외가 없겠지만, 중동에서도 벌어지고 있는 조금씩 퇴색되어가는 숭고한 종교적 가치들이 끝까지 남아 있기를 소망하는 것은 나의 지나친 이기심일까?